rororo

rororo

«Die Berliner Anatomie erhielt in den Jahren 1939–1945 die Körper von 269 hingerichteten Frauen.»

Rolf Hochhuth, geboren 1931 in Eschwege, war Verlagslektor, als er 1959 während eines Romaufenthalts sein erstes Drama «Der Stellvertreter» konzipierte, das, 1963 in Berlin von Erwin Piscator uraufgeführt, weltweites Aufsehen erregte.

Seither hat Hochhuth wie kein zweiter sein Schaffen der jüngeren Vergangenheit gewidmet und ein untrügliches Gespür für die brennenden Themen der Zeit bewiesen. Er lebt als freier Schriftsteller in Basel und Berlin.

Rolf Hochhuth

Die Berliner Antigone

Novelle

Gasherd und Klistiere

oder

Die Urgroßmutter der Diätköchin

Requiem und Posse
in je einem Akt

Mit Nachbemerkungen
von Hans Georg Heepe
und Fritz J. Raddatz

Titelbild von Johannes Grützke

Rowohlt Taschenbuch Verlag

Veröffentlicht im Rowohlt Taschenbuch Verlag GmbH,
Reinbek bei Hamburg, Juni 2002

Lektorat Hans Georg Heepe
Umschlaggestaltung any.way, Walter Hellmann
Titelbild von Johannes Grützke
Satz Garamond PostScript (PageOne)
Gesamtherstellung Clausen & Bosse, Leck
Printed in Germany
ISBN 3 499 23236 7

Inhalt

Die Berliner Antigone

Für Marianne

Da die Angeklagte *einer* falschen Aussage bereits überführt war, glaubte der Generalrichter, er könne sie retten: Anne behauptete, ihren Bruder – den Gehenkten, wie der Staatsanwalt möglichst oft sagte – sofort nach dem Fliegerangriff ohne fremde Hilfe aus der Anatomie herausgeholt und auf den Invalidenfriedhof gebracht zu haben. Tatsächlich waren ein Handwagen, aber auch eine Schaufel auf der Baustelle an der Friedrich-Wilhelm-Universität entwendet worden. Auch hatten in dieser Nacht, wie immer nach den Bombardements, Feuerwehr, Hitlerjungen und Soldaten die geborgenen Opfer in einer Turnhalle oder entlang der Hauptallee des Friedhofs aufgereiht.

Vor Gericht aber hatten zwei Totengräber mit der zeremoniellen Umständlichkeit, die ihr Gewerbe charakterisiert, die jedoch in Zeiten des Massensterbens so prätentiös wirkte wie ein Sarg, überzeugend bestritten, unter den 280 Verbrannten oder Erstickten, die bis zu ihrer Registrierung unter Bäumen auf Krepp-Papier lagen, den unbekleideten, nur mit einer Plane bedeckten Körper eines jungen Mannes gesehen zu haben. Ihre Aussagen hatten Beweiskraft. Sehr präzise vor allem in den Nebensächlichkeiten gaben sie an, persönlich jeden einzelnen der 51 Toten, die weder zu identifizieren gewesen noch von Angehörigen gesucht worden waren, drei Tage später in die Grube gelegt zu haben, in das Gemeinschaftsgrab.

Die Bezeichnung Massengrab war verboten worden. Die Reichsregierung pflegte die Toten eines Gemeinschaftsgrabes mit besonders tröstlichem Aufwand beizusetzen: nicht nur waren Geistliche beider Konfessionen und ein namhafter Parteiredner, sondern auch noch ein Musikzug des Wachbataillons und eine Fahnenabordnung hinzugezogen worden.

Ein Beisitzer des Reichskriegsgerichts, ein großväterlich warmherziger Admiral, der als einziger in dem fast leeren verwahrlosten Saal keine Furcht hatte, war so gerührt durch die Schilderung der Totenfeier, daß er der Angeklagten mit milder Zudringlichkeit empfahl, endlich die Wahrheit zu sagen über den ‹Verbleib› ihres toten Bruders: Die Entweihung eines Gemeinschaftsgrabes durch die Leiche eines von diesem Gerichtshof abgeurteilten Offiziers müsse sonst leider – er sagte zweimal aufrichtig *leider* – als strafverschärfend gewertet werden.

Anne, zermürbt und leise, beharrte auf ihrer Lüge ...

Der Generalrichter, während der Worte des Admirals wieder in innerem Zweikampf mit seinem Sohn, fand Bodos Gesicht nicht mehr; es zerfloß ihm wie damals im Rauch der Lokomotive – nach ihrem notdürftig zusammengeflickten Übereinkommen, am Vorabend von Bodos Abfahrt zur Ostfront. Mehr als den Verzicht, sich in diesem Augenblick mit der Schwester eines Hochverräters *öffentlich* zu verloben, hatte der Generalrichter seinem Sohn nicht abzwingen können. Seiner Weigerung, dieser Mesalliance jemals die väterliche Zustimmung zu geben, hatte Bodo die Drohung entgegengesetzt, sich sofort mit dieser Person zu verheiraten, die ihn offenbar schon seit Wochen in jeder freien Stunde an seinem Potsdamer Kasernentor abgeholt hatte – auch dann noch, *auch* dann noch, als Annes Bruder schon verhaftet war!

Der Mann, statt dankbar zu sein, daß er als Schwerverwundeter mit einem der letzten Flugzeuge aus dem Kessel von Stalingrad ausgeflogen worden war, hatte nach seiner Genesung schamlos erklärt, nicht die Russen, sondern der Führer habe die 6. Armee zugrunde gerichtet. Und Bodo stand nicht davon ab ...

Der Generalrichter, qualvoll erbittert, mochte das nicht wieder zu Ende denken. Er sah sich fest an einem Wasserfleck, der jetzt wie ein überlebensgroßer Fingerabdruck die Wand über der Büste des Führers durchdrang. Die kolossale Bronze war unerschütterlich auf ihrem Sockel geblieben, obgleich der Luftdruck des nächtlichen Bombardements selbst Rohre im Gerichtshof aus der Wand gerissen hatte …

Der Generalrichter hörte kaum dem steifschneidigen Staatsanwalt zu. Bodo schien kein Gefühl dafür zu haben, auch seine Mutter nicht, was es ihn kostete, diese Tragödie zur Farce – und dem Führer das Wort im Mund umzudrehen, nur damit dieses aufsässige Frauenzimmer vor dem Beil bewahrt blieb. Wer sonst, wenn er den Vorsitz abgelehnt hätte, würde auch nur daran interessiert sein, Hitlers ironisch wegschiebende Anordnung nach Tisch, die Angeklagte solle «in eigener Person der Anatomie die Leiche zurückerstatten», so auszulegen, als dürfe das Mädchen den Beerdigten stillschweigend zurückbringen?

Der Führer, beiläufig vom Propagandaminister unterrichtet, während ihm die Ordonnanz schon neue Depeschen über den politischen Umsturz in Italien reichte, hatte zweifellos nicht einmal an ein Gerichtsverfahren gedacht: Anne sollte enthauptet und der Anatomie zur Abschreckung jener Medizinstudenten ‹überstellt› werden, die vermutlich bei der Beseitigung der Leiche ihres Bruders geholfen hatten. Hier in der Reichshauptstadt, unter den schadenfrohen Augen des Diplomatischen Korps, das hatte Hitler noch angefügt, sollte nicht geräuschvoll nach ungefährlichen Querulanten unter den Studenten gefahndet werden: peinlich genug, daß im Frühjahr die feindliche Presse von der Studentenrevolte in München Wind bekam, weil Freislers Volksgerichtshof zwar schlagartig, aber doch zu laut damit aufgeräumt hatte.

Der Generalrichter, selten im Hauptquartier, noch seltener am Tische Hitlers, hatte mit erfrorenen Lippen «Jawohl, mein Führer» gemurmelt und später, ein geblendeter Gefangener, nicht mehr zu seinem Wagen hingefunden. Wie hätte er denn in Hitlers kaltblaue, rasputinisch zwingende Augen hinein das beschämende, das unmögliche Geständnis ablegen können, dieses Mädchen, die Schwester eines Hochverräters, sei heimlich mit seinem Sohn verlobt …

Jetzt verfiel er, Schweiß unter der Mütze, in den unsachlich persönlichen Tonfall des betagten Admirals und versprach der Angeklagten fast vertraulich mildernde Umstände. Unduldsam, aber genau entgegnete er dem Staatsanwalt: zwar sei nur während des Alarms das Kellergeschoß der Universität in der Nacht zugänglich; auch seien die Gitter dreier Fenster der Anatomie ebenfalls entfernt worden, um zusätzliche Notausgänge zu schaffen; und nur infolge der katastrophalen Verwirrung durch das Bombardement habe die Angeklagte die Schlüssel an sich bringen können. Dennoch: die Beseitigung der Leiche sei keine persönliche Bereicherung, ‹mithin› könne von Plünderung nicht gesprochen werden. Auch sei die Beerdigung nicht unbedingt ein staatsfeindliches Bekenntnis, da es sich bei dem Verräter um den Bruder handele. Als mildernder Umstand gelte noch die seelische Zerrüttung: der Verurteilung des Bruders sei bekanntlich der Freitod ihrer Mutter gefolgt.

Verdächtig, dachte der Staatsanwalt, ein straffgekämmter Hamburger mit einer Stimme wie ein Glasschneider – verdächtig. Aber der Ton des Generals ließ ihn verstummen. Er entblößte sogar die Zähne, ohne daß ein geplantes verbindliches Lächeln daraus wurde: Der Vorsitzende entschied nämlich auch darüber, ob er ihn weiterhin benötigte oder ihn zur Front ‹abstellte›. Er hätte ihn gern in die Hand bekommen, diesen Chef. Es war doch lachhaft, daß er jetzt der Angeklagten eine befristete Zuchthausstrafe versprach, wenn sie die Exhumierung ihres Bruders unter Bewachung vornähme; ein solches Angebot, sicher, man brauchte sich später nicht daran zu halten – stand in keinem Verhältnis zu ihrem Verstoß gegen den Führerbefehl, politischen Verbrechern das Begräbnis zu verweigern ...

Während er voller Genugtuung die Beugung des Gesetzes durch seinen Chef bedachte; während der Admiral mit dem wehmütigen Wohlgefallen alter Männer diese halberloschene ‹Pracht von einem Mädel› da auf der Anklagebank teilnahmsvoll mit Blicken tätschelte; und während der Wasserfleck über der Büste des Führers vor dem langen wutroten Fahnentuch weiter und dunkler um sich fraß, zwang sich der General, schon ohne Atem, schon ohne Hoffnung zur äußersten Brutalität: «An langwierige Nachforschungen kann das Gericht zu diesem Zeitpunkt des Totalen Krieges keine Kräfte verschwenden», drohte er heiser und hastig Anne und sich selbst.»Sie können sich 24 Stunden überlegen, ob Ihre Helfershelfer in der Anatomie die Leiche Ihres Bruders dort wieder vorfinden – oder ob die Mitwisser durch Einlieferung *Ihres* Körpers, Kopf vom Rumpf getrennt, darüber aufgeklärt werden sollen, daß wir Nationalsozialisten jeden defätistischen Ungehorsam rücksichtslos ausmerzen.»

Die Todesangst gab sie nun nicht mehr frei. Doch am Abend waren ihre Hände immerhin so ruhig, daß sie Bodo schreiben konnte. Es war schon der Abschied, das wußte sie, und Brandenburg, der gute Wärter, der gleich bei Annes Einlieferung mit fröstelndem Grauen ‹die Schwester› erkannt hatte, war bereit, ihren Brief als Flug-Feldpost hinauszuschmuggeln.

«Du wirst erfahren, wo ich meinen Bruder beerdigt habe, und wenn Du mich später wieder suchst, so nimm ein paar Zweige von unserer Birke an der Havel und lege sie auf sein Grab, dann bist Du mir nahe.»

Sie wollte Pfarrer Ohm anvertrauen, wohin sie den Bruder gebracht hatte – wenigstens *er* blieb vor den Schergen und Schändern in Sicherheit. Dieser Gedanke bewahrte sie davor, zu bereuen, obwohl sie nicht mit der Todesstrafe gerechnet hatte und bei der Drohung des Generalrichters zusammengebrochen war.

Gewaltsam vertiefte sie sich in die schon Traum gewordene Erinnerung an die Nacht vor zehn Tagen, um nicht wieder völlig von der Angst erbeutet zu werden. «Das Gericht glaubt Ihnen nicht, daß Sie den Bruder auf den Invalidenfriedhof geschafft haben!» hörte sie die durch Gekränktsein verschärfte Stimme des Generalrichters – ich würde das auch nicht glauben, dachte sie jetzt mit einem Sarkasmus, der sie für einen Moment belebte, fast erheiterte …

Und wenigstens innerlich riß sie sich los von Wand und Gitter, heraus aus der Zelle – und sie war frei, solange sie draußen an den Streifen Erde dachte, an den heidnisch alten, schon seit Generationen stillgelegten Totenacker, rings um die noch mit Feldsteinen aufgetürmte Marienkirche, im ältesten Stadtteil, ganz nahe der Universität. Die mächtigsten, die königlichen Bäume Berlins wölbten sich dort domhoch über die wenigen Grabsteine dahingesiechter Jahrhunderte, und einen der Steine, einen starken Schild der Ruhe, ausgeweint von Regen und Schnee, zerrissen wie – wie Mutters letztes Gesicht, hatte sie an jenem Nachmittag zum Grabstein des Bruders bestimmt. Sie wollte Ohm jetzt bitten, ihr die Bibelstelle zu übersetzen, die sie dort noch mühsam herausgelesen hatte: Apost. 5,29 – während der Name für die Augen, auch für die tastende Hand schon verloren war.

Wie viele hatten dort wohl Ruhe gefunden. Aus Scheu grub Anne nicht sehr tief. Sie hatte mit einem großen Messer die dicke Decke aus Moos und Rasen ziemlich spurlos herausgetrennt, während ihr sichernder Blick, sooft sie aufsah in die laute Nacht, über die glutsprühenden Dächer wie in eine Schmiede fiel. Ganz Berlin eilte in chaotisch geschäftigen Löschzügen zu den Bränden, und Anne ließ sich einfach mitreißen von dem heißen Wirbel, als sie, sofort nach dem Ende des Angriffs, mit dem Handwagen den Hof der Universität verließ – woran sich später die Denunziantin, eine Kommilitonin, erinnern konnte. Die phosphoreszierte Friedrichstraße hatte sich brechend und verglühend im Feuerwind gegen den Himmel gebäumt, eine flackernde Fahne der Verwüstung. Und dann – wie eine Friedensinsel, so meerweit getrennt von der orgiastischen Brandwut, lag der dunkle Acker da. Niemand störte sie. Vor der Straße durch verwilderte Forsythien geschützt, geschützt im Rücken durch die gotische Nische, grub sie ohne Hast und warf die Erde auf die Plane, die den Bruder bedeckt hatte. Und sie spürte die große Anstrengung nicht, als sie den Körper vom Wagen hob und ihn noch einmal hob und bettete. Doch vermied sie, das friedlose Gesicht anzusehen; denn am Nachmittag in der Anatomie war sie hinausgestürzt, sich zu erbrechen. Sie breitete ihren Sommermantel über den Bruder. Vor Erleichterung – aber doch auch, weil sie ihn jetzt mit Erde bedecken sollte, überfiel sie ein wildes Schluchzen – und dann sah sie sich schon in der Falle: ihre Beine, ihr Rock, ihre Hände waren so sehr von der feuchten Erde beschmutzt. Atemlos warf sie das Grab zu. Erst als sie, wieder kniend, schon den Rasen auflegen wollte, wurde ihr bewußt, daß nach dieser Brandnacht Zehntausende ebenso beschmutzt herumlaufen würden. Da ließ sie sich Zeit. Behutsam deckte sie die Erde ab, verteilte den Rest unter Büschen und preßte mit den Händen das Moos fest. Ehe sie mit dem Handwagen auf die Straße ging, schlich sie spähend hinaus, wartete, bis ein schweres Lastauto den Lärm verstärkte, und nach fünfhundert Metern erreichte sie wieder das erste brennende Haus; und etwas weiter, da riefen zwei Hitlerjungen sie um den leeren Wagen an, packten Koffer und Körbe und schließlich noch eine hysterische Frau obenauf, die sie unversehrt aus dem Keller gezogen hatten, und Anne ließ sich versprechen, sie würden den Wagen morgen am Hauptportal zum

Invalidenfriedhof abstellen, und dann warf sie die Schaufel und die Plane in die schwelenden Trümmer. Später fand sie einen Hydranten, an dem die Feuerwehr gerade den Schlauch abschraubte, und da wusch sie sich die Beine und das Gesicht und die Arme. Und hinter ihr trug man Tote weg, und sie floh aus den Trümmerstraßen, getrieben, sich bei Bodo zu bergen, überwältigt von einer quälenden Gier nach Leben – um es zu vergessen, das Leben.

Das hätte sie ihm gern geschrieben, jetzt, wo die Angst sie wieder hochjagte von der Pritsche und die zweimal zwei Meter des Käfigs ihr unter den Füßen zu schrumpfen – und dann wegzusacken schienen wie die Klappe des Galgens. Sie durfte ihm nicht verraten, wie trostlos sie war. So zwang sie sich, ihm zu schreiben, sie fände es nicht sinnlos, zu sterben für das, was sie getan hatte. Das war die Wahrheit, aber nicht die ganze. Auch das war aufrichtig: daß sie den Tod, da schon so unzählige Generationen ‹drüben› seien, nicht fürchten könne; daß sie sich aber in erstickendem Ekel mit der Hand an die Kehle griff, sooft sie ans Sterben dachte, an die Anatomie, das verschwieg sie. Und endlich fand sie sogar etwas Ruhe in dem banalen Gedanken: so viele müssen sterben können, Tag für Tag, und die meisten wissen nicht einmal wofür – ich werde es auch können. Und sie fand es nur noch anmaßend, nach einem Sinn zu fragen, und sie konnte jetzt denken: daß so viele schon drüben sind, daß alle nach drüben kommen, das muß mir, das *muß* mir genügen.

Das Letzte verschwieg sie auch sich. Brandenburg wartete auf den Brief. Sie mußte einen kleinen Halt, ein einziges Wort, das ihm blieb, hineinlügen – und da sie einen Stern durchs Gitter sah, den sie nicht kannte, und noch einen, so fiel ihr ein, was sie im letzten Urlaub verabredet hatten, beim Segeln in einer hohen hellen Nacht: immer aneinander zu denken, wenn sie abends den Großen Wagen sähen, Bodo in Rußland, sie in Berlin. Und sie schloß: «Ich sehe durchs Gitter unseren goldenen Wagen, und da weiß ich, daß Du jetzt an mich denkst, und so wird das jeden Abend sein, und das macht mich ruhig. Bodo, lieber Bodo, alle meine Gedanken und Wünsche für Dich vertrau ich ihm an, für immer. Dann weiß ich, sie erreichen Dich, wie weit wir auch getrennt sind.»

Die Planierung des Gerichtshofes durch eine Luftmine verlängerte Annes Bedenkzeit auf elf Tage.

Ihr Pflichtverteidiger schaufelte mit rotplumpen Händen nur hilflos leere Luft; sie hatte ihn zwanzig Minuten vor der ersten Verhandlung kennengelernt. Bei seinem zweiten und letzten Besuch sah er sich um nach der Zellentür, als erwarte er von dort einen Genickschuß. Dann wisperte er, sein Taschentuch neben dem Mund: «Die Frau des Generalrichters war heut früh bei mir, sie hat geweint – jetzt weiß ich erst, daß ihr Sohn und Sie ... also: der General wird Sie retten, wenn Sie sich sofort bereit erklären ...» Anne, als dürfe sie das nicht hören, bat ihn hektisch, endlich eine Nachricht von Bodo herbeizuschaffen.

Die Besuche des Pfarrers waren ihr gefährlicher. Ohm versuchte, Anne klarzumachen, daß ein Unbestatteter nach christlicher Auffassung nicht ruhelos bleibe. Und sosehr sie seine Besuche herbeisehnte, so erleichtert war sie, wenn er ging. Sie weinte jedesmal, schließlich war sie so verwirrt, daß sie nicht mehr wußte, ob sie ihm das Geheimnis zuletzt für Bodo anvertrauen dürfe.

Vier Tage und Nächte teilte sie dann die Zelle mit einer neunzehnjährigen polnischen Zwangsarbeiterin, die ihr aus zerknetetem Brot einen Rosenkranz formte, mit dem Anne sowenig beten konnte wie – ohne ihn. Die Verschleppte aus Lodz hatte sich heimlich, während eines Fliegeralarms, in einer Dresdner Bäckerei satt gegessen und sollte deshalb als

Plünderer geköpft werden. Sie war nicht tapfer, aber stoisch, so daß ihre Gegenwart Anne erleichterte – während der Generalrichter gehofft hatte, das Zusammensein mit der rettungslos Verlorenen, die nicht einmal Angehörige benachrichtigen durfte, mache Anne geständig. Und wahrscheinlich wäre seine Rechnung dennoch aufgegangen. Als nämlich der Polin die Stunde schlug – im lauernden Morgenlicht des zehnten Tages von Annes Bedenkzeit – und sie aufgerufen wurde, ohne Gepäck mitzukommen, umarmten und küßten sie sich – Schwestern vor dem Henker; und Anne, durch die Berührung mit dem schon ausgebluteten Gesicht der Gefährtin jäh wie vom kalten Stahl des Fallbeils selbst angerührt, wurde mit einem Schnitt innerlich abgetrennt von ihrer Tat: Sie begriff das Mädchen nicht mehr, das seinen Bruder bestattet hatte – wollte es nicht mehr *sein*, wollte zurücknehmen. Damit war sie vernichtet. Allein gelassen, duckten ihre Nerven sich vor jedem Schritt draußen auf dem Gang, dessen blendender Linoleumläufer nicht betreten werden durfte. Ihr flatternder Blick stieß sich wund an den Mauern und verfing sich in den Gitterstäben, durch die der Tag hineinprahlte. ‹Das Leben geht weiter› – diese roheste aller Platitüden, sie verbrannte ihr Herz. Noch in den Spatzen, die sie beim Rundgang im Hof auf Kokshalden gesehen hatte, demütigte sie diese ordinäre Wahrheit. Und was Bodo ihr zum Trost gesagt hatte, als sie erfuhr, ihr Bruder werde gehenkt, das nagelte nun Stunde um Stunde ihre kaltwache Vorstellungskraft auf das Brett unterm Messer, auf dem man sie anschnallen würde, und richtete ihre Augen auf die Blutrinne in den Fliesen hinter der Guillotine: der rumpflose Kopf lebt da unten noch weiter, noch lange, zwar blind, doch vermutlich bei Bewußtsein, manchmal eine halbe Stunde – während der Tod am Galgen meist schnell eintritt. Mit dieser Feststellung hatte der Generalrichter vor seiner Familie einmal zu rechtfertigen versucht, daß er ‹Verräter›, denen die Kugel verweigert wurde, dem Strang überantwortete, und Bodo hatte Anne mit nichts anderem beruhigen können. Was mochte jetzt *er* durchleiden, seit er wußte, was ihr bevorstand? Denn Frauen, auch das hatte er ihr damals gesagt, blieb laut Führerweisung das Beil verordnet ...

Als man aber später dem Pfarrer aufschloß, kam sie nicht dazu, ihre Tat zurückzunehmen. Sein Gesicht war eingestürzt. Und seine Unfähigkeit, das erste Wort zu finden, gab Anne für die Dauer weniger Atemzüge die Kraft, Gelassenheit vorzutäuschen. Sie glaubte, er müsse ihr sagen, sie sei schon verurteilt. Sie deutete an, er könnte ‹es› sagen. Da murmelte er, und sie hielten sich aneinander fest: «Ihr Verlobter – Bodo, hat sich in einem russischen Bauernhaus erschossen.»

Lange erst, nachdem er es gesagt hatte, hörte sie ihn: «Man fand nur Ihren Brief bei ihm, er hatte ihn erst eine halbe Stunde ...»

«Brief?» – und er las an ihren Augen ab, daß sie das nicht begriff. Bodo hatte auch seiner Mutter nicht mehr geschrieben. Das sagte er ihr. «Kein Brief – kein *–nichts* für mich?»

Nun mußte er es *doch* sagen. «Er wollte zu Ihnen ... verstehen Sie!» sagte der Geistliche, und seine Augen zuckten. Er mußte es wiederholen: «Bodo wollte bei Ihnen sein. Er glaubte doch – er dachte, Sie seien schon ... tot.»

Hitler zeichnete alsbald den Generalrichter mit der höchsten Stufe des Kriegsverdienstkreuzes aus und empfing den durch häufiges Weinen noch treuer gewordenen Mann persönlich im Hauptquartier. Bei Tisch sagte er an diesem Tag, und es war das erste Mal, daß seine Tafelrunde ihn erbittert über den entmachteten, aber von ihm noch immer sehr verehrten Mussolini sprechen hörte, der italienische Staatschef könne sich ein Beispiel nehmen an diesem deutschen Richter, der in heroischer Weise die Staatsräson seinen familiären Gefühlen übergeordnet habe – und solle sich endlich dazu aufraffen, seinen Schwiegersohn, den Verräter Graf Ciano, in Verona erschießen zu lassen.

Der Generalrichter hatte sein Angebot nicht ausdrücklich widerrufen, wäre aber – nach Bodos Tod war er zwei Tage nicht zum Dienst erschienen – vielleicht auch nicht mehr imstande gewesen, die Delinquentin noch aus der angelaufenen Vernichtungsmaschinerie zurückzureißen. Sie hatte Anne automatisch in dem Augenblick erfaßt, in dem sie ins Gefängnis Lehrter Straße überführt worden war – schon als ‹Paket›. Das war die Fachbezeichnung für ‹Patienten mit geringer Lebenserwartung›, wie die besseren Herren der Justiz, die sich in fast jeder Situation ihren Witz bewahrten, zu sagen pflegten.

Paket besagte: als juristische Person abgebucht, zur Dekapitation und behördlich überwachten Kadavernutzung freigegeben. Das Honorar für Urteil, Gefangenenkost und Scharfrichter sowie ‹für Übersendung dieser Kostenrechnung› war bei politischen Verbrechern per Nachnahme von den Angehörigen einzutreiben, im Falle ihrer ‹Nichtauffindung› oder bei Ausländern der Staatskasse ‹anzulasten›.

Seit Anne wußte, wie Bodo ein Leben ohne sie eingeschätzt hatte, fand auch sie selbst in ihren starken Augenblicken das Leben nur noch überwindenswert – und doch hatte sie ein Gnadengesuch geschrieben, dem sie sich nun gedemütigt ausgeliefert sah. Nur körperliche Schwäche – denn ‹Pakete› bekamen in ihren absichtlich überheizten Zellen fast nichts mehr zu essen, an manchen Tagen nur eine Handvoll Kraut –, nur ihre Schwäche verdrängte zuweilen ihre seelischen Heimsuchungen. Der Hungerschmerz reduzierte sie auf ihre Animalität, und zuzeiten nahm das hysterisch gesteigerte Bedürfnis nach einem Stück Seife ihr den Blick dafür, daß sie gesetzlichen Anspruch nicht einmal mehr auf Sauerstoffzufuhr hatte. Schließlich atmete sie nur noch, weil sie in lächerlicher Verkennung der Kriegslage dem Größenwahn erlegen war, der Führer oder auch der Herr Reichsminister für Justiz fänden noch Zeit, sich mit einem Gnadengesuch zu befassen – das aber selbstverständlich, trotz seiner ‹Nicht-Vorlage› niemals übereilt abgelehnt wurde, sondern erst nach einer humanen Frist, wie sie in der Verordnung vom 11. Mai 1937 bestimmt worden war.

Manchmal entrissen ihre Toten, der Freund, die Mutter, der Bruder, Anne ihrer Angst und bewirkten, daß das Unvorstellbare, ihr eigenes Totsein, vorstellbar wurde ohne Entsetzen, ja eben als die wahre verläßliche Freiheit. In solchen Momenten war sie bereit. In den Nächten, wenn sie lag, überwog ihre Daseinsbegierde. Am Tag, unter der Folter der Zuchthausgeräusche, wenn ein Wagen im Hof, wenn Schritte und Lachen und Schreie und Schlüssel ihr den Vollstrecker anzukündigen schienen, versuchte sie, auf ihrem Schemel unter dem Gitter, sich abzuwenden von der gegenüberliegenden Tür, von dem Kübel und den Würghänden, die sie seit der Gerichtsverhandlung nach sich greifen sah – und in die Einsicht zu flüchten, daß allein der Tod uns beschützen kann. Der Tod, nicht Gott. Denn zu jung, um ergeben zu sein, trennte sie von *dem* wie eine Eiszeit die kosmische Gleichgültigkeit, mit der er seinem Geschöpf gegenüberstand, echolos wie die Zellenwand. Von ‹oben› erhoffte sie nichts als ihre schnelle Hinwegnahme durch eine Bombe, denn ‹Pakete› wurden während der Fliegerangriffe auf Berlin nicht aus ihren Gehäusen im fünften Stockwerk in die Luftschutzkeller mitgenommen; das hätte zu hohen ‹Personalaufwand› erfordert. Einmal splitterte die Scheibe in ihre Zelle – es war der Augenblick, sich die Adern zu öffnen, aber Hoffnung und Schwäche hinderten sie. Und als sie es endlich gekonnt hätte, da war Tag, und ihre Wärterin, eine kinderreiche Witwe, die Anne oft heimlich einen Apfel mitbrachte, entfernte mit geradezu antiseptischer Sorgfalt auch den winzigsten Splitter, nicht nur aus Annes Käfig, sondern sie fand bei der ‹Filzung›, wie sie die Leibesvisitation nannte, auch das scherenspitze Glas, das Anne als letzte Waffe gegen ihre äußerste Entwürdigung in ihrem Haar unter dem gestreiften Kopftuch versteckt hatte. Sie lachte aus ihrer guten nahrhaften Brust, die deutsche Mutter, weil sie doch noch pfiffiger war als die Gefangene, sie lachte ohne jede Grausamkeit – und erschrak so sehr, als sie, zum erstenmal, in Annes Augen Tränen sah und ganz unvorbereitet ihr wimmerndes, verzweifeltes, irrsinniges Betteln um den Splitter abwehren mußte, daß sie schnell ging, einen Apfel zu holen.

Sogar ein Arzt gab jetzt acht, daß Anne bei voller Gesundheit auf das Schafott kam. Tatsächlich verlangte die bürokratisch geregelte Absurdität des ‹Endvollzugs› die Anwesenheit eines Mediziners, als man ihr endlich – eine Formalität von neunzig Sekunden – die unbegründete Ablehnung des Gnadengesuchs und die Stunde ihrer Enthauptung verlas. Ohne Auflehnung ließ Anne, gefesselt seit der Urteilsverkündung, sich auch noch die Füße an eine kurze Kette legen und mit sechs anderen jungen Frauen, von denen eine noch ein Kind während der Haft geboren hatte, zum Auto nach Plötzensee bringen, wo ihnen ein halbidiotischer Schuster, der seit Jahren als Rentner dieses Privileg eifrig hütete, mit verschreckt geilen Augen und zutraulichem Geschwätz umständlich das Haar im Nacken abschnitt; dabei ließ er die schimmernde Flut von Annes sehr langen, blonden Haaren mit seniler Wollust durch seine riechenden Finger gehen, wickelte ihr Haar dann grinsend um einen seiner nackten Unterarme und tänzelte, die Schere unaufhörlich öffnend und schließend, um die Gefesselte herum, bis man ihn hinauspfiff wie einen Hund. Denn Anne mußte sich völlig ausziehen, um nur noch einen gestreiften Kittel und Sandalen anzulegen.

Die Todeszellen blieben offen, die Delinquenten waren an einen Mauerring gekettet. So sprach Pfarrer Ohm sie noch. Ob Anne sich jetzt des Wortes Apost. 5,29 erinnern konnte, das sie auf dem Grabstein des Bruders gefunden hatte; ob sie jenes Mädchen gewesen ist, das nach einer Chronik an diesem Nachmittag ‹wie eine Heilige starb›; oder ob sie es war, die zum Schafott ein Foto in den gefesselten Händen mitnahm, um für ihre Augen einen Halt zu finden – wir wissen es nicht. Pfarrer Ohm schrieb einige Jahre später auf eine Anfrage: «Ersparen Sie sich die technischen Einzelheiten, mein Haar ist darüber weiß geworden.»

Die Frauen wurden in kurzen Abständen über den knochengrauen Hof zum Schuppen des Henkers geführt. Dorthin durfte kein Geistlicher sie begleiten. Wer da, neben dem dreibeinigen Tischchen mit Schnaps und Gläsern, als Augenzeuge Dienst tat, der Admiral, der Staatsanwalt, ein Oberst der Luftwaffe als Vertreter des Generalrichters und ein Heeresjustizinspektor, der schwieg sich aus nach dem Krieg, um seine Pension nicht zu gefährden. Nur darüber berichtet das Register: auch an diesem 5. August waltete als Nachrichter der Pferdeschlächter Röttger seines Amtes, der für seinen Schalk berüchtigt war und der, fast auf den Tag genau, ein Jahr später den Feldmarschall von Witzleben und elf seiner Freunde in Drahtschlingen erwürgte. Diese Hinrichtung wurde gefilmt, weil der Führer und sein Stab sich am Abend in der Reichskanzlei ansehen wollten, wie die Männer verendeten, die am 20. Juli 1944 versucht hatte, das Regime zu beseitigen. Ein Staatssekretär hat überliefert, daß selbst der satanische Parteigenosse Hitlers, sein Propagandaminister, während der Filmveranstaltung sich mehrmals die Hand vor die Augen hielt.

Epitaph

Die Berliner Anatomie
erhielt in den Jahren 1939–1945
die Körper
von 269 hingerichteten Frauen

Professor Stieve im ‹Parlament›
am 20. 7. 1952,
dem 8. Jahrestag
des gescheiterten Attentats
auf Hitler

Gasherd und Klistiere
oder
Die Urgroßmutter der Diätköchin

Requiem und Posse
in je einem Akt

«... noch immer rettet Gott uns drei hindurch – durch all die furchtbaren Gesetze und Maßnahmen, die so unausdenkbar sind. Noch weiß niemand, was mit den Deportierten geschieht.»
Jochen Klepper, Tagebuch, 30. Mai 1942

«Man kann die Berühmten nicht verstehen, wenn man die Obscuren an ihrer Seiten nicht durchgefühlt hat.»
Franz Grillparzer, Der arme Spielmann, 1848

«Am 20. 8. 43 sprach Frau Exner bei mir vor und führte Beschwerde darüber, daß die Leute, bei denen für die Führerküche Gemüse geholt werde, orientiert seien, für wen das Gemüse bestimmt sei ... sei es leicht, irgendwelche Giftmittel zuzufügen (viele ausländische – französische, polnische und russische Arbeiter –). Die Verantwortung sei unter diesen Umständen nicht zu tragen.»
Leibarzt Dr. Theodor Morell, Tagebuch

«Doktorchen, ich freue mich ja so, wenn Sie morgen kommen!»
Adolf Hitler am 4. Oktober 1944 zu Morell

«Als ich ihm Berlinreise und dortige Röntgenuntersuchung vorschlug, wurde der Führer *sehr* heftig (wie er in den vergangenen acht Jahren noch nie zu mir war). *Große Abfuhr.* (Er sei kein dummer Schuljunge und wisse, was er zu tun habe usw.).»
Morells Tagebuch am 16. November 1944

Requiem

Jochen Klepper	39 Jahre
Johanna Klepper	52 Jahre
Renate Stein	20 Jahre

Wie in den neunziger Jahren Victor Klemperers Tagebücher ‹Ich will Zeugnis ablegen bis zum letzten› uns Deutschen eine authentische Chronik der Hitlerjahre geschenkt haben – so bereits 1956 das von Reinhold Schneider bevorwortete Tagebuch Jochen Kleppers aus den Jahren 1932/1942, das den Titel trägt: ‹Unter dem Schatten deiner Flügel›.
Es ist die Quelle zu diesem Requiem.

Die Statistik meldet, daß fünfundfünfzigtausend Berliner im Holocaust vernichtet wurden; doch sie schweigt über die Unzahl jener Juden, die sich der Deportation in den Tod «durch Selbstmord entzogen» haben, wie die Nazis sagten, war ihrer Mordlust jemand zuvorgekommen.

Die Jochen-Klepper-Biographin Rita Thalmann, die 1971 das Institut für Germanistik an der Universität Tours leitete und damals zu ihrer gründlichen Dokumentation (im Chr. Kaiser Verlag, München) noch Zeugen befragen konnte, nennt die schockierende Zahl: Im Januar 1942 zum Beispiel «müssen Juden bei Todesfällen in Berlin wegen der täglich zwanzig bis dreißig jüdischen Selbstmorde eineinhalb Wochen auf die Bestattung warten. Für die winterlichen Deportationen stehen nur noch Viehwagen zur Verfügung».

(Ein schlanker Neununddreißigjähriger betritt am 10. Dezember 1942, gegen siebzehn Uhr die große Küche seines Hauses in Berlin-Nikolassee. Schließt leise die Türe hinter sich. Man hat kurz Musik, laut, gehört, jetzt bei geschlossener Tür das Grammophon sehr leise, aus der 7. Symphonie von Bruckner. Er macht Licht, macht es sofort wieder aus, zieht das Rouleau vor dem Fenster – links vom Zuschauer – herunter, denn im dritten Kriegsjahr muß verdunkelt werden; schon vor einem Jahr haben die Bombenangriffe auch auf die Reichshauptstadt begonnen.

Jochen Klepper macht das Licht wieder an, legt Hut und Schal und Mantel, die beschneit sind, auf einen Stuhl und setzt Teewasser auf. Der Gasherd steht gut sichtbar rechts neben der Tür, von keinem anderen Möbelstück wie Tisch und Stühlen verdeckt.)

KLEPPER *(entnimmt dem Küchenschrank, was er für den Tee braucht, nachdem er sich am Wasserhahn bedient und das Wasser aufgesetzt hat, sagt sarkastisch, sobald er mit Streichholz eine der vier Flammen entzündet):*
Der funktioniert!
Und setzt sich, en profil zum Zuschauer, beide Hände auf dem Tisch ausgestreckt, auf dem ein Adventskranz mit erst drei Kerzen liegt. Sonst einziger «Schmuck»: Innen an der Tür ein Küchenkalender.

KLEPPER: So habe ich mich schon einmal in der Küche versteckt,
weil nur dort niemand gewesen ist,
als Großmutter gestorben war. Sechzehn war ich da.
(Er wartet, bis das Wasser kocht und er es in die Meißner Teekanne gießen kann. Dann fragt er sich, gleichsam auf die Antwort in sich hineinhorchend):
Muß ich es schon Hanni allein sagen
– oder erst, wenn auch das Kind zu Haus ist?
Wozu Hanni stören, wenn sie Bruckner hört
– zum letzten Mal. Leichter, wer weiß,
das Kind ist bei ihr, sie bei dem Kind,
wenn ich empfehle: *heute!* Merkwürdig,
wie gleichgültig heute oder morgen oder übermorgen
geworden sind, wäre da nicht meine Angst, ich könnte
durch meinen Besuch bei denen schlafende Hunde geweckt
und sie aufgescheucht haben, schon heute das Kind
wegzuholen … Merkwürdig, sagte ich da eben,
als könnten Menschen in unserer Lage sich noch
etwas merken, wie die, die noch Zeit haben.
Das ist ein Weinheber-Vers: «Wer noch Zeit hat, der weiß nicht
Ich gehe weiter und frage:
Was erst *die* erfahren, die wissen, daß sie keine Zeit
mehr haben – *lohnt* es, das zu wissen?
Habe ich eine *neue* Einsicht, die ich

noch nicht hatte, als ich dachte, ich hätte noch Zeit?
Ja, eine, hätte sie aber besser nicht: Wie reibungslos,
wie selbstverständlich, wie ganz ohne Aufsehen,
ja ohne *Hin*sehen in einer Stadt,
die ja keineswegs völlig zu tarnenden zwanzig bis dreißig
Juden-Selbstmorde pro Tag hingenommen werden.
Zwanzig bis dreißig pro Tag in Berlin ...
Aber da ja doch auch die Bomber zuweilen
pro Woche dreihundert Zivilisten totbomben:
Wer sollte da von Juden auch nur reden, wenn dreißig
am Tage sich töten ... Konsequenz für uns:
Daß wir wochenlang, vermutlich, herumliegen, bis sie uns
beerdigen können. Es sei denn, unwahrscheinlich,
sie erlauben doch, daß die beiden Frauen mit mir
auf dem christlichen Friedhof hier in Nikolassee
beigesetzt werden dürfen – als letzte Gnade, die das Pack
mir deshalb gewähren muß, weil die nicht verhindern können,
daß auch pensionierte Generalität mitgehen wird,
wenn sie den Autor des ‹Soldatenkönigs› begraben ...
Ich habe angeordnet, daß ich mit auf den Judenfriedhof
zu den Frauen komme, dürfen die nicht
auf den christlichen mit mir.
(Spöttisch gegen sich selber):
Als dürfe ich noch etwas «anordnen»!
Und noch eine neue Einsicht – bei keiner Aussicht mehr –
ist *doch* da, fast schamlos, sich das einzugestehen,
aber so ist der Mensch, es ist unleugbar wahr:
Daß es uns dreien sehr viel leichter wird, seit wir
wissen durch die jüdische Gemeinde, daß es hier in Berlin
oft dreißig *täglich* machen.
Was allgemeines Schicksal wurde,
hat keinen solchen Schrecken mehr,
wie individuelles Unglück ... Was täglich dreißig können,

kann man nicht nur selber leichter,
als könnten es täglich nur drei, nein:
man ist fast sogar einverstanden damit!
Jedenfalls dann, wenn man weiß, schon einige Zeit weiß:
Einen anderen Weg gibt es nicht … Aber Reni
hofft natürlich noch immer aufs Visum nach Schweden!
(Er steht auf, gießt sich wieder Tee ein, schaut auf die Armbanduhr):
Sie sollte bald heimkommen – meine Angst wächst,
daß die sie schon heute oder morgen …
Wie sagt's der Esel in den Bremer Stadtmusikanten:
Komm mit, etwas Besseres als den Tod findest du
überall! – früher war das wahr;
heute kommt das auf die Todes*art* an!
Und wem wäre noch zuzumuten, jemanden zu verstecken,
seit Guillotine auf «Judenbegünstigung» steht,
wie die das nennen? Und wer wohnt schon allein
und gefährdete damit nicht auch seine Mitbewohner?
Ich wagte nicht einmal, meine Schwester zu bitten,
Reni bei sich oder Freunden zu verstecken,
niemand kann jemanden darum bitten.
Ja, selbst wo das freiwillig angeboten würde
– bleibt stets fraglich, ob jemand das annehmen *darf* …
Ich muß Reni, sobald die heimgekommen ist, ohne daß sie's merkt, den Korridor-Schlüssel wegnehmen,
sonst bricht sie noch aus: Zweimal hat sie schon
zu mir gesagt, allerdings nicht zu ihrer Mutter,
sie werde es nicht annehmen, daß wir *mit ihr* gehen,
da wir ja nur, «nur» ist gut, *ihretwegen* gingen,
ihre Mutter und ich … Sie ahnt noch nicht, *das* ahnt
auch Hanni noch nicht, was mir Frick heute früh
eröffnet hat, daß nun die Zwangsscheidungen …

HANNI *(tritt ein; da sie die Tür nicht zumacht, hört man gut*

den Bruckner. Sie ist zweiundfünfzig, dreizehn Jahre älter als ihr Mann, eine schöne, schlanke, elegante Berlinerin, die seit elf Jahren mit Klepper lebt – Witwe eines Anwalts, von dem sie zwei Töchter hat, «Volljüdinnen» im Sinne der Nürnberger Gesetze. Sie ist, nun mit einem «Vollarier» verheiratet, nach dem Rotwelsch der Hitlerzeit nur noch «Halbjüdin». Sie braucht also nicht den Judenstern zu tragen wie ihre noch in Deutschland lebende Tochter Renate, die jetzt zwanzig ist und zwangsverpflichtet in der Rüstungs-Industrie.):
Ach, bist zu Haus! Seit wann? Warum sitzt du in der Küche?

KLEPPER *(stoisch, sarkastisch, zeigt auf den Gasherd):*
Ihn ausprobieren!
Nein, wollte dir nicht den Bruckner verderben:
(Er hat sie in den Arm genommen, ihr die Stirn geküßt; spricht jetzt zärtlich-resigniert):
Wußte nicht, ob's leichter ist, es dir allein
– oder erst zu sagen, wenn auch Reni heimgekommen ist.
Heute, Hanni, denke ich!
(Er läßt sie, um Mantel und Hut auf den Flur zur Garderobe zu bringen; ist gleich wieder da, schließt hinter sich die Tür, die Musik nur noch sehr leise. Sie hat sich an die Breitseite des Küchentisches gesetzt, dem Parkett zugewandt, den Blick nach innen gerichtet. Er setzt sich wieder. Sie sieht ihn jetzt an, den Bericht erwartend. Er steht noch einmal auf, ihr Tee einzuschenken. Noch spricht er ganz unerregt):
Frick, unser «Reichsinnenminister»,
war so freundlich, wie es ein Nazi allenfalls
mit sehr schlechtem Gewissen ist, weil er zu denen gehört,
die meinen, man müsse Angehörige von meinesgleichen
menschlich behandeln. Und weil er sich geniert, weil natürlich
hohe Militärs ihn darauf ansprechen werden,
warum er den Chronisten des Soldatenkönigs
in den Tod gehetzt hat …

HANNI: Du meinst, Frick rechnet damit.

KLEPPER *(ohne Krampf, völlig gelassen – als spreche er übers Wetter):*
Ich hab ihm gesagt, soll unsere Tochter deportiert werden,
machen wir vorher den Gashahn auf. Und er hat's geglaubt
und sehr bestürzt versichert, auch um mich loszuwerden,
nein, nein, er sei überzeugt, Reni kriege wie einst
ihre Schwester das englische gekriegt hat
jetzt noch das schwedische Visum.

HANNI *(erregt):*
Hat sie doch nun! – aber?

KLEPPER: Aber das Neueste: Frick behauptete – keine Ahnung,
ob das stimmt – *er* sei nicht mehr entscheidungsbefugt,
ob Reni jetzt nach Schweden ausreisen dürfe!

HANNI: Ist doch klar, daß Frick lügt: Der Innenminister
des Großdeutschen Reiches soll einer Zwanzigjährigen
nicht erlauben dürfen, mit gültigem Visum
nach Schweden auszureisen? Absurd!

KLEPPER: Absurd, ja. Möglich trotzdem, denn wie gesagt:
Da er natürlich mit vielen feinen Leuten in der Generalität
Umgang hat, in der es momentan chic ist, meinen
Soldatenkönig zu lesen, will Frick sich nicht
nachsagen lassen, er habe meinen Tod verschuldet!
Erst, wenn die Geheime Staatspolizei, das sei neu,
behauptet Frick, Reni aus dem Arbeitseinsatz
in der Rüstungsindustrie freigebe, dürfe sie reisen ...
Ich solle es, hat er gesagt, um sich die Verantwortung
vom Halse zu schaffen, ich solle es drauf ankommen lassen,
daß Reni mit anderen Rüstungsarbeitern in den Osten komme,
das sei völlig normal, ungefährlich für sie,
habe gar nichts damit zu tun, daß sie Jüdin sei.
Die Rüstungsindustrie werde wegen der Luftangriffe
auf Berlin jetzt möglichst weit in den Osten umgesiedelt:

Warum Panzer dort bauen, wo die Briten bomben können,
sagte er ... und doch hatte ich –und war ja auch richtig –
das Gefühl, Frick schickt mich jetzt nur deshalb
zu diesem Eichmann von der SS – weil er schon weiß,
Eichmann sagt: Nein!

HANNI: Wer ist dieser Eichmann?

KLEPPER: Offenbar der Chef-Spediteur in den Tod, junger Mann,
höchstens fünfunddreißig und natürlich siedend tüchtig,
denn er weiß, er muß nur dann nicht wie alle seine Jahrgänger
an die Front, wenn er sich zu Hause bei den Deportationen
als unentbehrlich erweist... Er sagte ohne Bedauern: Nein! –
vermied es aber, Deportation zu sagen,
sprach nur von einem ganz normalen Arbeitseinsatz
im Osten, wie ihn schließlich heute auch Hunderttausende
ableisten, die keine Juden sind.
Da ist, sagte er, Ihre Stieftochter im Osten sogar sicher
vor dem anglo-amerikanischen Luft-Terror hier in Berlin!

HANNI: Könnte man ihm das glauben! Mich vernichten
die Selbstvorwürfe, daß ich mich nicht vor Jahren schon
von dem Kind getrennt habe, da wäre Reni
noch rausgekommen wie ihre Schwester ...

Das ist in der Tat zu allen Zeiten ein finsteres Kapitel: Wie wenige Zeitgenossen ahnen, wie bald auch sie zu Betroffenen, ja wie schnell sie zu Vernichteten werden. Wie wenig Überblick, geschweige denn Vorausblick jedermann hat ...

Klepper geht in seinen Illusionen – Tagebuch vom 8. 12. 1942, als er von Frick heimkommt – so weit, noch zwei Tage vor ihrem Tod, am 8. Dezember – da ist Hitlers sechste Armee bei Stalingrad schon hoffnungslos eingekesselt –, noch einen deutschen Sieg *(!) im Zweiten Weltkrieg zu fürchten und damit die endgültige Trennung von Stieftochter und Frau, sollte sie jetzt von ihm geschieden werden müssen, um ebenfalls nach Schweden ausreisen zu können.*

«Männer der Tat» schreiben selten oder nie Tagebücher. Churchill rümpfte die Nase, als er während des Hitlerkrieges einem amerikanischen Obersten dabei zusah: Hinterher stehe man da, als sei man «unentschlossen und albern gewesen – lieber bis nach dem Kriege damit warten, um Fehler und Irrtümer kaschieren zu können». Nein, man war weniger «unentschlossen und albern» zur Tatzeit als – ahnungslos, auch aus vehementem, selbstbetrügerischem Illusionsbedürfnis, ohne das man offenbar in Todesgefahr nicht zu leben vermag.

KLEPPER *(da er hört, wie die Korridortür aufgeschlossen wird):*
Da kommt Reni!
(Die sehr schöne – wie Fotos zeigen – Zwanzigjährige tritt ein, etwas Schnee auf Haar und Mantel – an dessen linkem Revers der Judenstern, den Kleppers «den gelben Fleck» nannten.)

RENATE *(berlinert ausgeprägt):*
N'abend, es schneit – wie ihr seht. Hab Hunger!
(Sie küßt flüchtig ihre Mutter auf die Stirn, ihren Stiefvater – weniger flüchtig.)

KLEPPER: Wieso hast du dein schönes Wollmützchen nicht auf – oder wenigstens aus deinem Schal ein Kopftuch gemacht?

HANNI: Papa hat recht – tu den Schnee aus dem Haar, erkältest dich.
(Noch während sie das sagt, wird ihr die mörderische Absurdität bewußt: Jemanden vor einer Erkältung zu warnen, der in zwei Stunden tot sein wird.)

RENATE: Ihr seid beide so –*anders*, freut euch nicht
wie sonst, wenn wir abends wieder zusammen sind.
Wer schon nicht ausgehen darf, hat's doch wenigstens
zu Hause gern lustig.
(Sie hat ihren Mantel ausgezogen, darunter blauer Monteur-Anzug, einteilig. Auch an dem der Judenstern. Sie trägt den Mantel hinaus. Ihre Mutter sagt rasch, leise):

HANNI: Sag's nicht vor dem Essen.

RENATE *(schon wieder da):*
Ihr habt eine schlechte Nachricht – also: was?

HANNI: Ja, wollten dir's nicht vor dem Essen sagen:
Papa war beim Minister ... setz dich erst.

RENATE: Na, das weiß ich ja, daß er für heute beordert wurde.
Wie war der Frick?
(Sie nimmt den Stuhl gegenüber seinem.)

KLEPPER: Scheinbar überzeugt, deine Ausreise nach Schweden
werde auch von den Deutschen noch genehmigt –
angeblich sei er nicht mehr befugt als Innenminister, darüber
zu entscheiden; entschieden werde das von der SS.
So schickte er mich weg in die Prinz-Albrecht-Straße
zu einem namens Adolf Eichmann, Sturmbannführer.
Und der lehnte ab. Du müßtest als Industrie-Arbeiterin
mit deiner Fabrik in den Osten, wo du vor britischen Bombern
sogar sicherer sei'st als hier in Berlin.

RENATE *(sarkastisch):*
Vor Bombern, ja – das wollen wir ihm glauben. Aber vor Gas?

KLEPPER: Daß sie dich nicht ermorden, solange du für sie
Panzerstahlplatten mit dem Schweißbrenner bearbeitest,
davon bin ich überzeugt. Sie holen jetzt aus Rußland,
aus der Ukraine Zivilisten, Frauen wie Männer, in Scharen,
weil die Deutschen an die Fronten müssen und
in den Betrieben fehlen. Warum also Juden, die
im Gegensatz zu den Russen Deutsch können und ihre
Arbeit verstehen – ermorden?

HANNI: Erstaunlich, Jochen, daß du die noch für logisch hältst!
Haben viel zu wenige Soldaten – dich aber werfen sie
raus aus der Armee, weil du «wehrunwürdig» bist,
da mit einer Jüdin verheiratet.
So wie sie bei weitem nicht genug Ärzte haben,
doch trotzdem jedem Juden das Praktizieren verbieten
und ihn deportieren ... wer weiß, wohin!

Renate *(bitter)*:
Dorthin, wo keine Ärzte mehr gebraucht werden.
Und immerhin sind doch die Juden über fünfzig
auch aus unserem Betrieb schon fortgeschafft worden,
obgleich sie auch für die Rüstung schufteten.
Fortgeschafft samt Angehörigen und von keinem
irgendeine Nachricht mehr!
Wenn der Innenminister sagt, daß er nicht mehr zuständig ist
für die Erlaubnis zur Ausreise, sondern
dieser – wie heißt er: Eichmann? – und der sagt:
Nein – dann türme ich noch heute nacht.

Hanni: Wohin? Alle Freunde brächtest du in Todesgefahr,
sogar ihre Angehörigen, wenn die dich versteckten.
Und mit dem J in deinem Paß – kommst du über keine Grenze.

Klepper: Grenzen haben Löcher – allerdings, welcher Franzose,
welcher Däne oder Italiener versteckte eine
ihm fremde Deutsche?
Und in Deutschland kriegst du ohne Lebensmittelmarken
keine Frikadelle, und schon gar keine, weil ja das J
auch auf deine Essensmarken gestempelt ist.

Hanni: Das ist kein Argument, wir geben Reni ja nicht ihre –
sondern deine und meine Essensmarken mit,
auf die kein J gestempelt ist.

Klepper: Das einzige, was ich dir mitgeben könnte,
wäre ein Haufen Geld.
Als ich deine Mutter heiratete, Reni, da dauerte es
nur noch zwei Jahre, bis mir klar wurde, Sommer 33,
daß ich auch ihre beiden Töchter schützen müßte.
Deine Schwester ist entkommen – du nicht. Und heute,
jetzt erst, weiß ich und sage dir's wie's ist:
Schützen auf Erden kann ich dich nicht mehr
... wir können uns nur alle drei gemeinsam noch
flüchten zu – Gott!

RENATE: Ich sage es euch seit einem Jahr, seit ich weiß,
Mutter ist sicher bei dir, weil die wegen der Kirche
nicht riskieren, Juden zur Zwangsscheidung von Nichtjuden
zu zwingen ... und Mama gilt ja nun auch amtlich,
weil mit dir verheiratet, als Halbjüdin.
Nicht ich vom jüdischen Vater – nur *ich* bringe euch beide
in Lebensgefahr – also bin *ich's*,
die jetzt verschwinden muß – nicht ihr!

KLEPPER *(beugt sich vor, greift eine ihrer Hände, küßt sie, sagt):*
Dieses Opfer, Reni, würden deine Mutter und ich
auch dann nicht annehmen, hätte es noch einen Sinn.
Hat es nicht mehr, der Minister sagte – wörtlich:
«Noch ist Ihre Frau durch die Ehe mit Ihnen geschützt.
Aber es sind Bestrebungen im Gange, die die
Zwangsscheidung durchsetzen sollen. Und das bedeutet
nach der Scheidung die Deportation
des jüdischen Partners.»
Dies seine Worte. Frick war erregt und bedrückt
und lief am Schreibtisch auf und ab: «Ich kann Ihre Frau
nicht schützen. Ich kann keinen Juden schützen.
Solche Dinge können sich ja der Sache nach nicht
im geheimen abspielen. Sie kommen zu den Ohren
des Führers, und dann gibt es einen Mordskrach.»
Das Gespräch über die Zwangsscheidung wäre nicht
geführt worden, hätte ich Frick nicht noch um die
Beantwortung der Frage gebeten, ob ich für deine Mutter
die gleichen Schritte unternehmen müßte wie für dich, Reni
– Schritte Richtung Schweden ...
Almquist, Reni, war dein Retter – bis Eichmann kam!

Tatsächlich hat dieser schwedische Legationsrat Almquist noch im Kriege das Visum besorgt!
Hier wieder die Unwissenheit des Zeitgenossen: Die Kleppers

haben in diesem *Fall überstürzt gehandelt. Denn es kommt niemals zur gesetzlichen Zwangsscheidung, weil die Kirchen, insbesondere der evangelische Stuttgarter Landesbischof Wurm und der katholische Bischof von Berlin, Graf Preysing, sich dagegen auflehnen und die Nazis* – nachgeben. *Sie fürchten die Proteste der Kirchen. Die Hitlergangster schreckten vor zwei vergleichsweise wehrlosen Bischöfen in Deutschland bereits zurück; ihre Stimmen hatten während des Krieges im Ausland, das nichts davon erfuhr, keinerlei Resonanz. Daß aber ein Protest des international meistgeachteten und vor dem Zugriff der Nazis sicheren Geistlichen gegen den Holocaust nie kam – daß der Papst schwieg, der allein* weltweit *während des Krieges gehört worden wäre, ohne der Lüge, der Propaganda für eine der Kriegsparteien bezichtigt werden zu können, bleibt die unauslöschliche Schande des Vatikans.*

Daß für dich, Reni, immerhin, dieser Almquist
die Einreise-Erlaubnis nach Schweden erkämpfen konnte,
nannte Frick, der sich sehr wohl seines Versprechens
vom vorigen Jahr erinnerte, dir herauszuhelfen,
geradezu unfaßlich. Denn sogar dem berühmtesten
aller Schweden, außer dem König, sogar Sven Hedin ist es
abgeschlagen worden vom Stockholmer Außenministerium,
einem deutschen Freund die Einreise zu erwirken …

HANNI: Der gleiche Grund, warum die dreiundachtzigjährige
Martha Liebermann sich vorige Woche vergiftet hat
im jüdischen Altersheim. Und Max Liebermann war doch
international seit Menzels Tod 1905 der berühmteste
der deutschen Maler … Man ließ Martha *nicht* nach Schweden:
von Schweden ebenso abgelehnt wie von den Nazis.

RENATE: Das heißt, auch ihr werdet zwangsgeschieden – und
dann du, Mama, am nächsten Tag deportiert?

HANNI: Vermutlich.
Du hast gesagt, bist hungrig.

RENATE: Absurd, ja – jetzt, wo alles dem Ende zustürzt.
Wahrscheinlich gibt's deshalb die offenbar
noch wohltuende, nötige Henkersmahlzeit ...
KLEPPER: Wir hatten abgemacht, bis zuletzt keine andere
Verhaltensweise als bisher ...
HANNI: Also kochen wie jeden Abend.
Hätten wir allerdings gewußt, daß wir heute zum
letzten Mal essen – wir hätten es nicht in der Küche getan,
sondern das Eßzimmer geheizt; wie grotesk, daß wir
heute noch Kohlen sparen.
RENATE *(während Klepper sein – alsbald so berühmtes – Tagebuch nimmt, seinen letzten Eintrag zu machen):*
Freuen sich die Nachmieter, wenn wir noch zwei Zentner
Kohlen hinterlassen ...
Sagst du wirklich die Wahrheit, Papa? – hat Frick dir
tatsächlich gesagt, die würden jetzt
die Zwangsscheidung über euch verhängen,
über alle mit Juden verheirateten Christen?
KLEPPER: Du glaubst, Reni, ich lüge dich an?
RENATE: Das halte ich für möglich – ja, für wahrscheinlich:
Weil ich euch oft gesagt habe, ich nehme euer Opfer nicht an,
daß ihr mit mir in den Tod geht, denn Mama würde ja
als Frau eines Vollariers nicht deportiert, schon gar nicht
als eine mit einem so prominenten Autor Verheiratete.
Die deportieren auch die Jüdin Frau Lehár nicht.
Ich vermute mit dieser Neuigkeit,
ihr würdet zwangsgeschieden,
schwindelst du mich an,
damit ich euren Opfergang für mich annehme.
KLEPPER *(ist aufgestanden, nimmt sie in den Arm):*
Warum sollte Frick in *diesem* Punkt mich angelogen haben!
RENATE: Ich sage nicht, der Minister habe *dich* belogen,
ich sage, daß du *mich* anlügst, damit ich nicht

aus dem Haus laufe und so euch hindere,
mit mir, *für mich* – ja: zu sterben …
Sinnvoll – diese Unterscheidung hast du mir neulich erklärt,
aber das war verrückt von dir – sinnvoll wäre dieser
gemeinsame, der Dreier-Tod in deinem Christensinne;
aber ich bin *keine* Christin!
Könnte ja sein, Dein Opfer ist *sinn*voll im Christensinne
– *zweck*los aber ist es doch.

KLEPPER: Da ich euch beide – nun wissen wir ja,
seit heute Mittag: auch deine Mutter kann ich nicht
mehr schützen, am nächsten Tag, sagte Frick und bestätigte
Eichmann, wird der jüdische Ehepartner, am nächsten Tag
nach der Zwangsscheidung wird er deportiert …

HANNI *(am Kochherd):*
Ich lasse mich so wenig wie du, Reni, aus dem Haus
holen, wir wissen doch, ahnen es mindestens,
wir werden ermordet … wissen nur nicht wann und wie!

KLEPPER: Du weißt, Kind: «Das Haus» sollte mein
Katharina von Bora-Roman heißen – der Glaube
als Schutzdach, ungefähr so war das gmeint …
aber ich *kann* euch beide, nun, da die Zwangsscheidungen
kommen, ja: auch deine Mutter nicht mehr schützen,
so wenig wie dich. Das ist neu. Und daß wir nicht
warten *können* – auch *das*, Reni, ist doch klar,
denn ich habe heute beiden gedroht, dem Frick wie dem
Eichmann: Deportiert man unsere Tochter,
sterben auch meine Frau und ich …
So privilegiert bin ich immerhin, daß diese Gangster
mich noch vorlassen zu einem Gespräch; zweitens fürchten
sie das Aufsehen, das unser Tod immerhin bei den Militärs
verursachen wird, weil ich Autor des ‹Soldatenkönigs› bin.
Vermute, daß sie *das* Aufsehen denn doch vermeiden wollen!
Und wie *können* sie es vermeiden?

Indem sie dich, Reni, morgen oder nächste Woche
ganz einfach nicht mehr zu uns nach Hause gehen lassen,
sondern schon im Betrieb verhaften und deportieren ...
ohne daß Mama und ich je erfahren, ob du irgendwo
weiterarbeitest für sie – oder schon ermordet wurdest.
Mama und ich würden uns aber nicht töten, solange
wir noch hoffen könnten, du lebst.

HANNI *(unterbricht ihre Arbeit am Gasherd; hat dem Eisschrank – sie haben zwei: ein kleiner hängt an der Wand, der größere steht neben dem Herd – eine Flasche Wein entnommen; gibt sie Reni):*
Mach die mal auf ... und wenn es umgekehrt käme, Jochen:
Daß sie tatsächlich – kaum glaubhaft, allerdings – *fürchten*,
der Öffentlichkeit wegen, uns hier drei tot zu finden,
und das dadurch vermeiden wollen, daß sie Reni *nicht*
– nicht deportieren?

RENATE *(stoisch):*
Kann sein, kann sein auch nicht – jedenfalls unmöglich,
sich dieser Ungewißheit auszuliefern. Ich haue ab
nach dem Essen, *heute!*

HANNI: Quatsch – niemand versteckt dich!

KLEPPER: Ich bin nicht so größenwahnsinnig, mich zu
vergleichen mit dem berühmtesten Künstler im Reich ...

RENATE: Wer ist das?

KLEPPER: Natürlich Richard Strauss! Sogar international
so prominent wie neben ihm nur noch die zwei Deutschen
Hitler und Rommel – während mich ja im Ausland
kein Mensch kennt, denn welches Land will meinen
‹Soldatenkönig› übersetzen: Keins natürlich!
(Sarkastisch):
– so beliebt im Ausland der deutsche Militarismus ist!
Kein Land ringsum, das nicht seit zwei Jahren
deutsche Soldaten als verhaßte Okkupanten auf sich hat!

Doch sogar dem Strauss ist es nicht geglückt neulich,
die Mutter seiner jüdischen Schwiegertochter
in Theresienstadt zu besuchen.
Fast achtzig der Strauss – und fuhr dort vor mit sogenanntem
herrschaftlichem Chauffeur seiner Münchner Staatsoper,
als *der* seit einem halben Jahrhundert gefeierte Repräsentant
der deutschen Kultur in der Welt – doch wird
abgewiesen – vor dem einzigen Konzentrationslager,
von dem das Pack propagiert: «Der Führer schenkt den Juden
eine Stadt.» Meldet euch, sagt man den Alten, freiwillig
nach Theresienstadt. Sogar diese angeblich den Juden
geschenkte Stadt durfte Deutschlands meistgefeierter
Künstler nicht betreten.

HANNI: Weil die wahrscheinlich die alte Dame längst
durch den Schornstein – hatten emigrieren lassen.

KLEPPER *(hat seine letzte Eintragung, nur sechs Zeilen, ins Tagebuch geschrieben und legt es – gut sichtbar – auf den Küchenschrank. Er hat gleich geantwortet):*
Nee – glaube ich nicht, daß sie eine so nahe Verwandte
von Strauss schon getötet haben ... Frau Lehár soll sogar noch
völlig unbehelligt zu Veranstaltungen gehen,
obgleich ihr doch seit Jahren keine mehr besuchen dürft,
– hörten wir jedenfalls noch vor einem Vierteljahr!

HANNI: Kannst du nicht vergleichen, Jochen. ‹Die lustige Witwe›
gilt eindeutig als die Lieblingsoperette Hitlers,
kein anderer Künstler darf so sicher sein,
daß seiner Frau nichts passiert!
(Tatsächlich überliefert Joachim Fest in seiner gründlichen Albert-Speer-Biographie, daß Hitler «innerhalb eines halben Jahres ... sechs Aufführungen der ‹Lustigen Witwe› beigewohnt» hat.)

RENATE: Müßten wir nicht für Mitbewohner an die Korridortüre
ein Schild machen – daß keiner raucht im Treppenhaus?

Klepper *(nickt; sie geht ab, Pappe und schwarzen Stift zu holen):*
Und auch die Küchentür dicht machen – wie?
Mit Bettlaken?
Hanni: Denke ja – die können wir drüberhängen,
ohne sie anzunageln.
(Zu ihrem Mann, da sie allein sind):
Jochen, ist das wirklich zu verantworten, Reni
nicht doch noch zur Flucht zu raten?
Klepper: Weiß nicht – weiß es wirklich nicht.
Uns, dir tut noch keiner was –, noch schützt dich die Ehe
mit mir «Vollarier», der so viel jüdischer als du aussieht.
(Sarkastisches Lachen, Vollarier hat er gesagt, als spucke er aus):
Aber Reni hat schon vorige Woche mehrfach gesagt,
so sicher sie sei – Versteck zu *finden*, niemand habe
mehr das Recht, Versteck zu *suchen*,
jetzt, wo Fallbeil nicht nur den erwartet, der versteckt hat,
sondern auch dessen Angehörige, wenn sie
Mitwisser sind ... und welcher Angehörige könnte
kein Mitwisser sein, wenn der in der gleichen Wohnung
wie der Versteckte war!
Wie, Hanni, von einem Menschen verlangen, nicht allein *sich*,
sondern auch seine Angehörigen der Guillotine
auszuliefern: Unmöglich!
Hanni: Reni hat noch gar nicht gelebt mit ihren zwanzig.
Und wir wissen nicht einmal genau, was man ihr tun wird
als einer Deportierten – vielleicht, sie ist gesund, wird sie
tatsächlich als Rüstungsarbeiterin weiter benutzt.
Klepper *(schlagartig total verunsichert, ja entmutigt):*
Ja, vielleicht. Möglich – durchaus möglich.

Die Nachwelt und zumal wir verschonten Jahrgänger können uns das Ausmaß des Nichtwissens der in geschichtliche Prozesse Verwickelten nie hinreichend vorstellen – das war immer so, das wird immer so sein. Hier liegt übrigens die Hauptschuld des Vatikans als eine der am besten informierten Institutionen der Hitler-Zeit: Dank des polnischen Klerus war er vermutlich früher als sogar Churchills Geheimdienst von Auschwitz und den drei benachbarten Vergasungsorten: Belzec, Treblinka, Majdanek informiert. Und allein ihm, *dem Papst hätte die Welt geglaubt, daß er kein Propaganda-Redner für eine der Kriegsparteien ist, sondern die Wahrheit sagt.* Allein *ihm, dem Neutralen, hätte man das so lange Unglaubliche geglaubt: Daß die Deutschen systematisch vergasen ...*

Die Ahnungslosigkeit der direkt Betroffenen, das Nichtwissen sogar Kleppers, der als Autor von ‹Der Vater›, so der Titel seines Romans des Soldatenkönigs, das Vertrauen zahlloser hoher, bestinformierter Militärs besaß, ist erschreckend. So notierte er im Tagebuch noch am 30. Mai 1942, sechs Monate vor dem Ende der drei: «Herz, Geist und Wille sind über Deutschland und dem Judentum fast am Zerbrechen. Aber noch immer rettet Gott uns drei hindurch – durch all die furchtbaren Gesetze und Maßnahmen, die so unausdenkbar sind. Noch weiß niemand, was mit den Deportierten geschieht.»

Doch da wurde bereits seit einem Vierteljahr vergast ... Systematisch erschossen, bevor an die Stelle der Erschießungen die Vergasung trat, wurde sogar schon ein Jahr lang: Mit Beginn des Rußlandkrieges am 21. 6. 41. Zuerst im Baltikum, zum Beispiel die hessischen Juden, Winter 1941.

RENATE *(ist zurückgekommen, hat ein A4-Kuvert, Unterseite ein Pappdeckel für Büchersendungen, in der Hand und einen schwarzen Stift und sagt):*
Ich glaube, das sind wir den Mitbewohnern schuldig,
dies an die Korridortüre zu machen – was soll drauf?

Vorsicht – Gas: Nicht rauchen?
(Ihre Eltern nicken.)
HANNI: Reißzwecken da im Küchenschrank.
Wir können gleich essen.
(Sie beginnt den Tisch zu decken – so gepflegt, als speisten sie im schönsten Eßzimmer ...):
Warum trinken wir denn nicht längst?
KLEPPER *(schenkt ein, sagt – als gebe er sich einen Ruck, endlich wieder seine Fassung zu finden –, indem er Renate an beiden Handgelenken faßt):*
Kind, wir haben noch einmal erörtert, ob es wirklich
klug ist, daß du keinen Fluchtversuch machst,
kein Versteck suchst ... Ich war nie so hilflos wie jetzt,
da ich dir sagen muß: ich weiß nicht, was ich dir raten darf ...
raten muß.
RENATE *(küßt den Sitzenden auf die Stirnglatze und zitiert zärtlich-spöttisch):*
Etwas Besseres als den Tod findest du überall,
das muß man mit einkalkulieren.
Drei weiß ich bestimmt, ihr kennt sie auch,
die mich versteckten – aber nur eine von ihnen
wohnt allein. Und selbst ihr mutete ich das nicht zu.
Und ins Ausland? Es gibt keine grüne Grenze mehr,
die nicht noch schärfer bewacht ist als jede reguläre ...
Was stellte man mit *euch* an, wenn ...
HANNI, *(gleichzeitig mit)* KLEPPER:
Das muß dich jetzt nicht kümmern, Kind.
KLEPPER: Spielt wirklich keine Rolle, keine!
RENATE: Ich bin noch nicht mündig – euch würde man
durchaus mit haftbar machen, haute ich ab. Der Wein ist gut.
(Ihre Eltern haben schon getrunken, trinken ihr nun zu.)
HANNI: Wer könnte uns nachweisen,
wir hätten von deinem Fluchtversuch gewußt!

Bei den Bombenangriffen jetzt – du wirst einfach
von uns als vermißt gemeldet, du hast dich,
vermuten wir, bei einem Angriff in irgendein Haus
geflüchtet und liegst dort im Keller unter den Verschütteten …

RENATE: Mama, wie lieb von dir gemeint, aber komisch doch,
daß du gar nicht damit rechnest, ich könnte hopp genommen
werden, als Flüchtige.
Schon wenn ich morgen früh nicht zur Arbeit
pünktlich da bin – ruft man bei euch an, und wenn ihr sagt,
ich sei gegangen wie immer, beginnt nachmittags
die Fahndung! Nein, bleiben wir, nun lange genug erörtert,
bleiben wir doch zu dritt, zusammen!
Aber nur – wenn wahr ist, was Papa vom Frick
gehört haben will: Daß ihr demnächst
zwangsgeschieden würdet und du dann, Mama,
am nächsten Tag – deportiert … Und sicher, über fünfzig,
nicht mehr für die Rüstungsarbeit.
(Sie hat sie umarmt, geküßt.)

HANNI *(erschüttert, rettet sich zu der Aufforderung):*
Essen wir!

RENATE *(während sie sich zum Essen setzen):*
Wenn ich in letzter Zeit nach jedem
nächtlichen Bombardement losgefahren bin,
um Überlebenden zu helfen – in erster Linie
haben die Toten mich interessiert. Ich hoffte,
ich fände eine ungefähr Gleichaltrige,
deren Paß ich mir nehmen könnte,
eine Kennkarte ohne eingestempeltes J,
eh das Mädchen beerdigt wird – ich fand keine.
Soll nicht sein, daß ich fliehe.

KLEPPER: *Das* daraus zu folgern – geht zu weit, Reni!
Seit Jahren darfst du in keiner Schule, keinem Verein
mehr sein, in denen auch Nichtjuden sind,

da wüßte ich nicht, wo du eine Kennkarte
hättest klauen können ... Gedacht habe ich schon daran,
Helga oder Inge um ihre zu bitten,
sie könnten sie als verloren melden und mühelos
eine neue beantragen ... aber welcher Nichte
womöglich unangenehmste Scherereien einbrocken?

HANNI *(blickt existentiell erschreckt auf):*
Daran habe ich nicht gedacht – du hast das nie gesagt,
Jochen. Scherereien sind doch gar nichts, gemessen an dem,
was wir in zehn Minuten tun müssen ... *noch* ist Zeit ...
gib mir's Telefonbuch, ich rede ganz
verschlüsselt und bitte Inge nur, Onkel Jochen heute zu treffen!
Gibt keine «Scherereien» – und was wären die schon,
beantragte dann Helga oder Inge einen neuen Paß!

RENATE: Ich sehe beiden nicht ähnlicher als eine Apfelsine
einer Kirsche – lächerlich, ich versuche das gar nicht.

HANNI: Es wird versucht!

RENATE: Helga ist irgendwo in Schlesien – unerreichbar.
Womöglich jetzt an der Ostfront oder
sonstwo mit ihrem Arbeitsdienst!

KLEPPER *(geschlagen):*
Leider wahr, aber Inge, die kannst du anrufen, Hanni.
Ich treffe mich sofort mit ihr – wo immer sie heute kann.
Und du, Reni, gehst ohne Stern in die Nationalgalerie,
habe ich den Paß, komme ich dahin und bringe ihn dir.
Hier ist Geld.
(Er gibt ihr ein paar Scheine.)
Sollten alle Fenster zur Straße, nein, die rechten Flügel nur,
offen sein – kommst du nicht heim, dann ist das
für dich die Nachricht, daß sie hier waren, dich abzuholen.

HANNI: Scheint mir plausibel. Noch vermuten die dich doch
im Betrieb; die können ja erst morgen merken ... oder
sollten *wir* morgen früh sogar anrufen, dich krank melden?

Renate: Nein, wenn die anrufen aus der Firma, seid ihr erstaunt: ich sei heute früh «uff Arweet» wie immer gegangen.
(Sie hat das belustigt «herausberlinert», parodistisch übertrieben.)

Klepper: Kommando zurück, Renate, du kommst aus der Nationalgalerie überhaupt nicht nach Hause, bevor ich dich abhole – nimm, daß nicht auffällt, wie lange du dort bleibst, einen Zeichenblock mit und versuche dich an irgendeinem nicht zu schwierigen Bild als Kopistin. Kann ich nicht da sein, bevor geschlossen wird, zeichnest du draußen das Pferd mit der Amazone …

Renate *(sagt eindringlich, kann aber in der Aufregung nicht sitzen bleiben, geht immer auf Hanni oder Klepper zu, je nachdem, an wen sie sich wendet):*
Längst weggeschafft, das Pferd,
oder eingemauert wegen der Bomber.
Ich gehe hier lebend nicht mehr heraus – wenn du, Paps,
mir noch einmal versicherst, daß wirklich *wahr* ist:
Hat Frick dir gesagt – Papa, Hanni tötet sich um nichts,
wenn du jetzt lügst! – hat Frick gesagt, die Zwangsscheidungen
kämen und am nächsten Tag würde der jüdische Partner
deportiert – hat Frick das gesagt?
(Sie faßt fest, zärtlich, mit beiden Händen Kleppers Wangen, um so intensiv wie möglich in seine Augen zu schauen.)

Klepper: Kannst du dir vorstellen, ich begleitete auch deine Mutter in den Tod – würde sie *nicht* deportiert?

Tatsächlich wäre Hanni mit über neunzigprozentiger Sicherheit nicht *mehr deportiert worden – so wenig zum Beispiel wie aus Heidelberg Gertrud Jaspers an der Seite ihres «vollarischen» Mannes. So wenig wie aus Dresden Victor Klemperer von der Seite seiner «vollarischen» Frau. Dank der Kirchen wagten die Banditen bis zuletzt nicht, die von Frick tatsächlich Klepper angedrohten Zwangsscheidungen durchzusetzen. Aus-*

nahme: der Gauleiter von Frankfurt am Main, Sprenger. Der hat sich heimlich – doch blieb das natürlich nicht geheim, mindestens nicht unter Juden und angeheirateten Verwandten von Juden in der gleichen Stadt – über die Reichsverordnung hinweggesetzt und begonnen «Mischehen» zu zerreißen. Als zum Beispiel in Wiesbaden eine Jüdin 1943 per Post die Aufforderung erhielt, sich «heute Nachmittag fünfzehn Uhr zu einem Gespräch» bei der Polizei einzufinden – sechs Juden, wie alle Juden wußten, die noch in Wiesbaden waren, also mit Nichtjuden Verheiratete, denn die anderen waren längst deportiert, hatten schon vor ihr diese Aufforderung erhalten und waren nicht mehr heimgekommen, sie wurden ausnahmslos ermordet –, da vergiftete sie sich: Irma Hochhuth, Gattin des Internisten und «Vollariers» Paul Hochhuth, Friedrichstraße 7. Ihr zum Gedenken diese Zeilen. Ihr Mann hatte versucht, sie zusätzlich dadurch zu schützen, daß er sich zum Luftschutzarzt von Wiesbaden in fliegergrauer Uniform ernennen ließ. Wenige Kilometer weiter, in Heidelberg, erhielt Frau Jaspers keine solche Aufforderung «zu einem Gespräch». Offensichtlich testeten die Nazis in Wiesbaden – wahrscheinlich zufällig *dort –, ob es Aufsehen erregen werde, wenn man jüdische Ehepartner von Nichtjuden deportiere; sie ließen es dann wieder sein.*

Hitler sagte einmal, wenn meine Mutter noch lebte, ginge sie heute auch in die Kirche, und ich könnte und wollte sie nicht daran hindern … Und wenn die Kirchen mir helfen, die Ruhe im Volk zu erhalten, solle man nicht gegen sie vorgehen.

RENATE: Wenn das wahr ist, wenn du, auch du, Paps,
dem niemand etwas zuleide täte …

KLEPPER *(fast lachend):* Tut man mir «nichts zuleide»,
wenn man euch zwei deportiert? Ich soll weiterleben,
als hätte man euch nicht ermordet?

HANNI: Man kann nicht alle Deportierten ermorden!

Klepper: Man kann. Man wird. Zumindest dann, wenn sie nicht mehr arbeiten können.

Hanni: Renate *kann* arbeiten. Renate arbeitet!

Renate *(heftig):*

Das ist nicht gut, was wir jetzt machen.
Wir waren schon übern Berg, jetzt laßt ihr
dem Wunschdenken viel zuviel Raum.
Wie kommt ihr dazu, es für selbstverständlich
zu halten, daß Inge, die ich zweimal gesehen habe,
eine Angeheiratete ich weiß nicht wievielten Grades,
die ihre Freunde wie heute alle in der Armee hat,
womöglich in der SS –, daß die ihren Paß einer Jüdin
gibt, worauf ich weiß nicht welche Strafe steht?

Klepper: Keiner bestraft einen «Volksgenossen», der seine Kennkarte verloren hat! Und deshalb eine neue beantragt!

Renate *(sie hat längst die zweite Flasche Weißwein aus dem Eis genommen und wieder ausgeschenkt):*

Was hätte Inge davon, dieses Risiko auf sich zu nehmen!

Klepper *(heftig):*

Da *ist* kein Risiko! – niemand könnte ihr beweisen,
daß sie die Kennkarte *nicht* verloren hat – auf die
natürlichste Weise, wie eben viele sie täglich-nächtlich
verlieren. Und eine neue kriegen.

Renate: Und dann werde ich doch erwischt, weil ein
Blinder sieht, daß ich nicht *die* bin, die zu dem Paßbild paßt:
Und dann *hat man* Inge! Und findet im Handumdrehen heraus
daß sie eine Nichte des Mannes meiner Mutter ist.
Kein Mensch glaubt ihr, daß sie mir ihren Paß
nicht gegeben hat. Und dann ist sie dran: Judenbegünstigung,
KZ in jedem Falle; vielleicht, kommt auf den Richter an,
Guillotine. Mit *einem* und nun endgültig letzten Satz, bitte:
Ich mache das *nicht*!

Hanni *(sie sind schon beim Nachtisch):*
Wir haben vergessen, die Türe abzudichten.
Klepper: Vergessen nicht – ich hoffte, daß es doch noch
einen Weg … Warum? Es fällt mir …
Hanni *(unterbricht ihn heftig):*
Das hast du schon lange nicht mehr gehofft, Jochen!
Das sagst du erst jetzt – und das erschwert's nur.
Klepper *(während Renate aufsteht und hinausgeht):*
Entschuldige, Hanni – aber, liegt in der Natur der
– der «Sache», um es so unpathetisch wie möglich
zu sagen: Daß man als Mann dem Pack auch nicht gönnt,
einen doch – und nicht nur einen selbst, vor allem auch die,
die einem anvertraut waren: Dich und Reni –, daß die uns doch
zur Strecke gebracht haben, *besiegt.* Zu spät, ja.
Aber das nimmt mir den Vorwurf nicht ab:
Warum fiel mir nicht ein, mich als Autor zur Truppenbetreuung
zu melden, wie so viele Autoren Dichterlesungen für
unsere Soldaten in den besetzten Ländern machen
– und hätte Renate als meine angebliche Sekretärin
mitgenommen und hinausgeschmuggelt, sie einfach
nicht wieder zurückgebracht in das Zuchthaus,
das unser Vaterland ist … Die Militärs, die …
Hanni: Die Militärs, ja – sie sind deine Freunde,
aber, Jochen, du weißt doch, die Militärs hätten
gar nicht darüber entschieden, sondern
das Propaganda-Ministerium macht diese Truppenbetreuung
– und Goebbels hätte *dich* niemals reisen lassen,
erstens nicht als christlichen Autor,
zweitens nicht als «jüdisch Versippten».
Mich vielleicht noch – das Mädchen aber niemals
hättest du mitnehmen dürfen. Und selbst wenn –
wir haben keine Freunde im Ausland, die Renate
bei sich behalten und versteckt hätten … Du mußt jetzt …

KLEPPER: Doch, doch, kannst du mir nicht abnehmen, Hanni:
Daß ich mich dauernd fragen muß, habe ich
meine Schutzpflicht – meine Vorstellung vom Hausvater
gebietet das –, mich zu fragen, habe ich meine Schutzpflicht
für dich und das Kind – nicht doch versäumt, vernachlässigt?

HANNI *(sieht, wie er sich quält, hat ihm die Hand aufs Handgelenk gelegt):*
Nenn mir *einen* im deutschbesetzten Ausland, *einen*,
der Renate bei sich behalten hätte, wärst du mit ihr
nach Frankreich oder Norwegen oder zu Rommels Armee
in die Wüste oder nach Athen zu Dichterlesungen gekommen?
Du hast ja in diesen Ländern nicht einmal Verleger.
Niemand hätte dort dein Kind behalten, versteckt!
Mach dir keine Vorwürfe – wir sind in der Falle.
Wir bringen das Kind ins einzig mögliche Asyl: zu Gott.

KLEPPER: Renate hat noch nicht gelebt, Hanni! Ich hätte
(Er bricht ab, da Renate wieder eingetreten ist, zwei Betttücher über dem Arm. Sie sagte ohne sichtbare Emotion):

RENATE: Reißzwecken sind, glaube ich, hier in einer Schublade.

HANNI: Ja – in der linken.

KLEPPER *(steht auf und geht ab, macht die Tür hinter sich zu, sicher nicht nur wegen des Hammers, sondern um zu pinkeln):*
Wir brauchen einen Hammer, sonst kriegen wir die
Reißzwecken nicht in die Tür, sehr hartes Holz.
(Renate trinkt, hat die Bettücher über einen Stuhl gelegt.)

HANNI *(hat Jochens letzten Eintrag ins Tagebuch gelesen):*
Deinen Vater hat zwar nicht sein Glaube verlassen,
aber seine Zuversicht in die Bibel:
Sein letzter Eintrag heute – ist fast sein erster,
dem er kein Motto aus der Bibel voranstellt.
Er quält sich, dir nicht aus Deutschland herausgeholfen
zu haben, du hättest noch gar nicht gelebt, sagt er.

Renate *(fast heiter):*
Gelebt zu wenig – geliebt aber genug. Ich als Untermensch
fand im Betrieb einen anderen Untermenschen, einen Ukrainer;
eine ganze Nacht konnten wir natürlich nie haben,
aber in der Fabrik eine riesige Abstellkammer,
auf Papiersäcken ... Und wie wir uns liebten!
Ich rede das Papa noch aus, daß ich nicht gelebt hätte.
Zweimal dachte ich, ich sei schwanger – doch einem Kind
hätte ich diese Welt natürlich nie angetan!
Hanni *(ist aufgestanden, sagt gerührt, ja* erleichtert*; umarmt Renate stürmisch und küßt sie):*
Ach, Kind, wie mich das erleichtert – dann sage *ich* dir
als alte Frau: *Eine* glückliche Liebe können als Höhepunkt des
Daseins weitere Lieben nicht steigern!
Vielleicht ihr nicht einmal etwas hinzufügen.
Ein kurzes Leben kann erfüllter sein als ein langes.
Hattest kein Kind, gewiß – ja, das ist traurig.
Renate *(leichthin, sie ist «fertig» mit diesem Gedanken):*
Aber nicht traurig in *dieser* Welt.
Ich sah da auf dem Friedhof, nicht auf dem, wohin wir
gebracht werden, sondern auf dem Invalidenfriedhof,
wohin wir Totgebombte aus den Kellern brachten,
die werden dann dort auf Krepp-Papier ausgelegt,
zur Identifizierung und bevor man sie einsargt,
da sah ich schon Kinder genug – und mußte mich wehren
gegen die *eine* Frage: War, daß sie da waren – wert,
derart zerfetzt, verstümmelt zu enden? Keine Eltern,
wenn sie ihre Kinder so gesehen hätten,
würden die je gemacht haben.
Klepper *(kommt zurück; einen Hammer in der Hand):*
Frauengespräche gehabt. Ich dachte, ich muß euch
dazu allein lassen.

RENATE *(lebhaft, fast ermutigend):*
Ja, Paps – Frauengespräche. Und so erfuhr ich,
du seist bedrückt, weil ich noch nicht gelebt hätte:
Irrst dich gründlich, mußt *deshalb* nicht bedrückt sein;
ich liebte und liebe ihn noch, obgleich er wegkommandiert ist,
nach Breslau: einen Ukrainer, Zwangsarbeiter,
Untermensch wie ich – doch, Paps: ich *habe* gelebt!
Und *wie*! – und Mama hat mich überzeugt:
So schön eine Verlängerung ist – eine Steigerung ist sie nicht
der ganz großen Liebe, hatte man die.
Ich hatte sie – also kann keine größere folgen.
Eine andere, vielleicht.

KLEPPER: Vielleicht auch nicht – bin erleichtert, daß du
mir das noch gesagt hast, Kind, Liebling.
Was man vom Bindfaden sagen muß – vom Leben keinesfalls:
Kann gar nicht lange genug sein.
(Er hält sie im Arm, küßt ihre Stirn.)
Hier der Hammer.
(Sie beginnen die Arbeit wie jede andere. Als der Längste übernimmt es Klepper, die beiden Bettücher, das eine von außen, das andere innerhalb der Küche über die Tür zu werfen; das von außen über die Oberseite der Tür, das von innen so, daß die Tür an der Seite, wo Griff und Schloß sind, auch abgedichtet wird.)

HANNI: Regt's euch auf, wenn ich den Bruckner wieder auflege?
Seine Siebte.

KLEPPER: Tu's bitte!

RENATE *(Hanni geht ab):*
Paps, erst probieren, wenn wir's draußen und innen
drüberlegen, ob die Türe dann überhaupt noch zugeht!
(Er bleibt draußen stehen, sie schließt die Türe von innen und muß sehr fest und mehrfach ziehen – und dann hört man auch die Musik nicht mehr. Sie öffnet die Türe wieder

und ruft auf dem Flur):
Mama – ganz laut stellen, sonst hören wir sie nicht!
(Sie hält ihm die Reißzwecken hin, Klepper nagelt sie fest):
Paps, wie lange dauert es, bis wir bewußtlos sind?

KLEPPER: Ich fragte den Edi Stauffer, den Gerichtsarzt,
er schätzt zwanzig Minuten. Ich glaube, Reni,
es wird uns glücken, nicht in Panik zu geraten.

RENATE: Sollte ich's doch, versuche ich mir vorzustellen
auf welch entsetzliche Weise heute so viele,
und wie oft verstümmelt und unter wütenden Schmerzen
sterben müssen! Und daß *die*
uns drei beneiden würden um die – wie soll ich sagen:
schmerzfreie Art, wie *wir* sterben werden.
Aber sollten wir zuletzt nicht liegen – statt
am Tisch zu sitzen und dann von den Stühlen
zu fallen? Wer weiß, wann man uns findet ...

KLEPPER: Gut, daß du dran denkst – natürlich legen wir
uns, wenn wir merken, wir schlafen ein. Sonst passen wir,
wenn man uns findet und holt, sicher nicht vor morgen Mittag,
dann ist ja längst die Totenstarre eingetreten –
nicht in die Särge. So – die können nicht mehr abrutschen
von der Türe.

RENATE *(und ab):*
Ich hole die Steppdecken.

HANNI *(ist wieder eingetreten; die Tür ist offen, Bruckners Siebte mächtig):*
Du hast immer gesagt, ich dürfte lesen in deinem Tagebuch,
ich habe es selten getan, es regte mich zu sehr auf ...
dieses lange Protokoll deiner – damals noch nicht meiner –
deiner Todesgewißheit. Doch heute las ich's,
deine letzte Eintragung und da fiel mir auf: Du hast
kein Bibelwort darüber gesetzt – wie doch sonst immer.

KLEPPER *(sie trinken):*
Fast immer, ja. Nein, heute kein Bibelwort mehr.
HANNI *(wie im Vorbeigehen, ohne mit einer Silbe davon zu sprechen, auch Klepper sagt kein Wort dazu, dreht sie die vier Gashähne an, dann auch den des Backofens. Und öffnet den Backofen …)*
Und warum ausgerechnet heute nicht mehr?
KLEPPER *(schließt die Tür):*
Dir wollte ich's auch nicht sagen; Reni soll
es schon gar nicht hören, das verunsichert sie zu sehr.
Deshalb, Hanni, heute kein Bibelwort – nicht einmal
ein Gebet mehr – weil mich jetzt zwei Tage
die entsetzliche Einsicht in ihren Krallen hat, daß ich
der Bibel viel zu lange *vertraut* habe, *geglaubt* habe.
Fast jedes Motto, das ich täglich über meine Notizen schrieb,
spricht Hoffnung aus, Zuversicht, Stärke – jetzt weiß ich:
Wir wären doch beizeiten geflohen, hätte ich mich nicht
auf die Bibel verlassen. Verlassen, ja: Was für ein
doppeldeutiges Wort. Verlassen sterben wir nun,
zu ergeben – und dahin hat
die tägliche Bibellektüre mich gebracht. Und auch euch!
Mich vertrauensseligen, vertrauensdummen Pfarrersohn.
Sollte verboten werden, die Bibel – ein gefährliches
– ja, irreführendes, in die Irre führendes Buch!
Sie hat mich getäuscht, eingelullt die Bibel,
in ein Gefühl der Sicherheit – das vor der Geschichte,
die uns heute vernichtet, mit nichts zu rechtfertigen ist.
Mit nichts.
HANNI *(entsetzt):*
Jochen, warum tust du dir das an? Jetzt
alles zu annullieren, was dein Leben war?
Die Bibel …

KLEPPER *(heftig, unterbricht sie):*
Die Bibel, ja – sie hat mir so lange die Zuversicht
zu Gott eingeredet, daß wir den Zeitpunkt verpaßten,
wo wir noch hätten fliehen können. Es vernichtet mich,
Hanni, daß ich dir nachgegeben habe, als du kurz
vor Kriegsbeginn nicht wolltest, daß Reni mit Brigitte nach
England ausreiste – wie absurd
(Renate tritt ein, zwei Steppdecken in den Armen.)
heute dein Argument von damals, sie sei doch erst
siebzehn und könne kaum Englisch ... Auch da hatte
für mich, ich bin sicher, die Bibel das letzte Wort.
Ich war verrückt, wie waren beide verrückt ...

RENATE *(hat sofort erfaßt, wovon sie sprechen):*
Könntet ihr nicht wenigstens heute aufhören,
euch dafür noch anzuklagen – noch jetzt,
wo ihr das Gas schon aufgedreht habt.

KLEPPER: Auch jetzt nicht, nein: Diese Schuld, Reni, vor dir
– könnte nicht einmal Gott von deinen Eltern nehmen.
Es wäre ja auch zuviel verlangt, heute sterben
zu wollen, ohne *auch* schuldig geworden zu sein,
wie die meisten heute schuldig werden, ehe sie sterben:
Weil sie selber auch getötet haben oder jedenfalls bereit waren,
zu töten.

HANNI *(faßt ihn an, sie will ihn beruhigen, was natürlich unmöglich ist):*
Ja, das wäre wohl zuviel verlangt, im Zweiten Weltkrieg
unschuldig sterben zu wollen ... Wenigstens hast du nie,
Jochen, wie es so viele unfreiwillig tun mußten,
für Hitler getötet!

KLEPPER: Ist aber so ... Nur Privilegierte werden heute getötet,
die nicht vorher auch getötet haben – wie ich, wie du, Hanni,
dieses Kind ... das vor drei Jahren noch mühelos nach England
hätte entkommen können. Was wir vereitelt haben.

RENATE *(schroff und geht ab; zieht mit einiger Mühe die Türe hinter sich zu):*
Ich mag nicht hören, daß ihr euch anklagt.
KLEPPER: Weil diese Einsicht mich
seit Kriegsbeginn seelisch schon verwüstet,
gehe ich heute fast erleichtert in den Tod.
Es fehlte noch, daß wir mit dieser Schuld Renate
allein gehen ließen in ihre sichere Vernichtung
– und selber weiterlebten!
HANNI *(nach langem Schweigen beider):*
Hast nur gesagt, Jochen, was auch ich hätte sagen müssen,
könnte ich noch sprechen. *Darüber* – sprechen.
Kann ich nicht mehr. Ist auch der Grund, warum ich
für Brigitte in England keinen Abschiedsbrief
irgendwo hinterlege, der ihr später, durch deine Schwester
zugestellt würde ... ich könnte keine Zeile mehr schreiben.
KLEPPER: Noch weniger ein Gebet sprechen:
Die Frage überschattet alles: Gott, mein Gott,
warum hast du uns verlassen! Und eine sehr irdische macht
mir ebenso zu schaffen: Warum ich nicht einen ermordete
von denen, die gestern eure Ermordung anordneten ...
Frick oder Eichmann – nicht mal eine Pistole hatte ich
bei mir, als ich hinging zu den Mördern. Wie *lebten* wir,
wie leben überhaupt heute wir Deutschen als ordentliche
Untertanen ... obgleich wir doch seit 33 schon neun Jahre
Bürgerkrieg haben: Zwanzig Banditen reißen den Staat,
einen demokratisch anständigen Staat an sich – wir aber:
Seine einst freien Bürger, leben trotzdem weiter,
als sei das nicht der Bürgerkrieg, wo jeder Anständige sich
bewaffnen müßte ... Künftige Epochen können sich
vermutlich gar nicht mehr vorstellen, wie naiv,
fahrlässig wir dahingelebt haben ... wie lächerlich hilflos!
Läßt auf kein Mitleid der Nachwelt hoffen, daß wir

so blöde waren, uns wehrlos abschlachten zu lassen,
was ja nicht überraschend geschieht, sondern
nach neunjähriger Vorankündigung.
(Renate ist wieder eingetreten, mit drei Kopfkissen, die sie zu den zwei Steppdecken legt; nun schiebt sie den Tisch beiseite, Hanni hilft ihr, Platz für die beiden Steppdecken, die sie ausbreiten, auf dem Boden zu finden.)
Sich das heute, zuletzt vorzustellen ist quälend:
Ich war doch Soldat, so kurz zwar, daß ich keinen
töten mußte für den Hitler. Aber sich
nicht einmal eine Armee-Pistole mit heimzunehmen:
Unglaublich! Verheiratet mit einer Jüdin, die er
schützen müßte samt ihren Kindern gegen das Pack.

HANNI: Das erörterst du ja nicht zum ersten Mal:
Hättest du gestern Frick erschossen oder Eichmann,
Renate und ich wären *lebendig* gehäutet worden,
wenn du selbst dich auch noch hättest erschießen können.
Laß das jetzt – diese Gangster sterben auch nicht im Bett,
Jochen, sofern dein Verdacht, meiner ist das ja nicht,
doch stimmt, daß nämlich ein Gott im Himmel ist.
Quäl dich nicht auch *damit* noch! Dich und uns …
(Sie ahnt nicht – wie gesagt: Niemand ist ahnungsloser als betroffene Zeitgenossen –, daß tatsächlich beide noch werden gehängt werden: Frick in Nürnberg, Eichmann in Jerusalem.)

KLEPPER *(verdüstert bis zum Gelähmtsein):*
Stupid – da kannst du sagen, was du willst –, daß ich, als Autor
des ‹Soldatenkönigs› mich geschlagen gebe, ohne mich gegen
einen dieser Nazi mit der Waffe gewehrt zu haben.
Ich *kapituliere*! – nennst du, mich schonend, das auch anders.

HANNI *(steht am Gasherd, Klepper und Renate sitzen am Tisch):*
Was ich euch jetzt sage, ist sehr lächerlich –

aber mich beunruhigt als eine zur Ordnung
abgerichtete Hausfrau – daß da noch unaufgewaschen das
Geschirr unserer Henkersmahlzeit steht … ich wasche auf.

RENATE *(sarkastisch):*
Da ich jetzt auch nichts mehr zu tun habe,
Mama, werde ich abtrocknen.

KLEPPER: Das Schild! – ich habe das Schild noch nicht
an die Korridortüre getan, und wenn einer rauchte …

HANNI: Ihr habt die Tür so abgedichtet, daß sicherlich
kein Gas nach außen dringt …

KLEPPER *(wieder mit Hammer und Reißzwecken, während Hanni schon am Spültisch ist):*
Läßt mir keine Ruhe.
(Er geht hinaus, wieder mühevoll die Türe hinter sich zuziehend.)

HANNI *(fast scherzend):*
Beinahe hätte ich vergessen, daß ich ja kein
Wasser mehr heiß machen darf …
(Sie beginnt, das Geschirr kalt abzuwaschen.)

RENATE *(hat ein Tuch genommen):*
Ich habe Jochen noch mit keinem Wort für sein Opfer gedankt,
auch das Opfer seiner Bücher, die nun ungeschrieben bleiben.

HANNI: Welcher Sarkasmus des Schicksals – Jochen würde
sagen oder gesagt haben: Gottes! –, daß er ausgerechnet
seinen Lutherroman nicht mehr schreiben kann,
von dem *Geborgenheit* ausgehen sollte!
Nun nimmt er, dem kein Mensch, selbst in Hitlerdeutschland
nicht, etwas zuleide tun würde – uns beide an der Hand,
uns in die Sicherheit zu bringen, die nur noch bei
Gott ist – wie Jochen den Tod nennt.
Es muß schon deshalb *heute* sein, Reni – heute,
doch keinen Tag später, weil Jochen vorhin,
als du die Steppdecken holtest, einen so abgründigen

Zweifel an der Bibel ausgesprochen hat – wie nie zuvor.
Vielleicht, nein, vermutlich kann Jochen nur noch heute,
schon morgen nicht mehr – uns beide im Vertrauen zu Gott
dorthin begleiten, wo er nicht den Tod als das Ende sieht,
sondern ewiges Leben: In Sicherheit vor dem Staat,
der uns beide sonst vernichtet. Er ist seit gestern in den
Krallen eines absoluten Zweifelns
(Klepper tritt wieder ein.)
an allem, was ihm bisher Sicherheit gab, Vertrauen.

KLEPPER *(hat das letzte noch gehört):*
Nun riecht es aber schon sehr stark nach Gas.
Einige Minuten nur noch, dann werden wir bewußtlos.
(Renate, noch trocknet sie ab, doch bald sind die Frauen fertig mit dem Geschirr, das sie wie stets wegräumen in den Schrank, instinktiv «reinen Tisch» machend, für wen auch immer ... Klepper – man spürt: Zum letzten Mal schließt er die Türe; das geht wegen der zwei Bettücher nicht ohne Nachdruck, er überprüft noch, die Hand am Rahmen, ob sie dicht ist. Er hat sofort aufgenommen, was er die Frauen erörtern hörte):
Deine Mutter hat dir offenbar angedeutet, Reni,
daß ich jetzt weiß, ich habe den Verheißungen
der Bibel zu lange vertraut ... sonst wären wir drei
oder wenigstens ihr zwei doch beizeiten ins Ausland getürmt –
ich denke: ja. Und gerettet worden.
Aber *das* mußt du nicht denken, liebes Kind,
daß ich, weil wir nun *heute* gehen, nicht mehr dazu käme,
meinen Luther-Katharina von Bora-Roman zu Ende zu schreiben.
Nein. Weil nun der Zweifel
anstelle der bisherigen Sicherheit mich beherrscht,
könnte ich den Lutherroman auch dann nicht mehr schreiben,
lebte ich noch dreißig Jahre. Man darf ja nicht schreiben,
könnte das auch gar nicht – woran man nicht glaubt.

So hat der Zweifel, der mich nun hat, mich davor bewahrt,
ein Buch zu schreiben, das unwahr geworden wäre.
Daß ich aber ausgerechnet *heute* davon überzeugt bin,
Reni, Hanni, – zum ersten Mal: *heute*,
das wiederum zeigt euch, daß ich – Zweifel hin, Zweifel her –
doch noch das Vertrauen, sagt ruhig: das Gottvertrauen habe,
daß *nicht* der Zufall unser Leben bestimmt,
sondern Festgelegtsein – ein Plan,
wer immer ihn entworfen hat.
Wir sterben jetzt rechtzeitig, dessen bin ich sicher,
du *sollst*, Reni, den Mördern nicht ausgeliefert werden.

HANNI *(Klepper könnte das nicht einmal denken):*
Ist Sicherheit nur noch bei Gott:
Kann heute nur noch der Tod – Gott sein.

KLEPPER *(küßt sie, küßt dann Reni und sagt):*
Ich werde taumelig – ich lege mich schon hin. Ihr nicht?

HANNI: Benommen, doch nur wenig.

RENATE: Ich lege mich zu dir, Paps – am Tisch da
kann ich dich nicht liegen sehen, gib mir deine Hand.

HANNI: Ich rufe deine Schwester noch an, Jochen.

KLEPPER: Danke – ja, so war's mit ihr abgemacht.
Sie soll gegen zehn kommen und auch
die letzten Tagebuchseiten mitnehmen ...
alles schon verabredet, du weißt: Nicht mit Zigarette.
(Jüngeren Menschen muß gesagt werden: Es gab im Krieg noch keine tragbaren Telefonhörer, meist waren die Telefone auf dem Flur einer Wohnung.)

KLEPPER *(ruft Hanni nach, die wieder die Küchentüre öffnet, aber das Telefon an langer Schnur mitbringt in die Küche):*
Sieh bitte noch nach, ob ich nicht aus Versehen
den Korridorschlüssel steckenließ.

HANNI: Nein, Jochen – der liegt am Boden.
(Man hört, sie wählt – dann, wieder in der Küche und hat die

Tür zugedrückt mit ihrem Rücken; Telefon in der Hand):
Hildegard – Hanni, hier ... die beiden schlafen schon fast. Komm nicht vor zehn und nimm dir mit, was noch im Eisschrank ist. Und seine letzten zwei Seiten auf dem Küchentisch. Ich soll dir noch sagen, wir danken dir für alles – und wie treu du zu Reni gestanden hast. Wenn du jemanden mitbringst, ich vermute, du bringst wen mit, daß der auch ohne Zigarette kommt.
Ja. Ja. Danke, Hilde. Leb wohl.
(Sie legt auf. Streift ihre Schuhe ab und legt sich hin und nimmt wortlos ihre Tochter in den Arm, die sich anschmiegt. So fand man die drei am Morgen des 12. Dezember 1942 «auf einer Daunendecke in der Küche. Beide Frauen hielten sich umarmt. Jochens Augen waren offengeblieben und drückten ein großes Erstaunen aus.»)

Vorhang

Posse

Adolf Hitler	53 Jahre
Theodor Morell	56 Jahre
Magdalena von Exner	27 Jahre

Vorraum zu Hitlers Toilette in einer Baracke seines Hauptquartiers Wolfsschanze. Im Zentrum der fensterlosen Rückwand die Klotüre. Links davon ein Wandtelefon. Rechts eine Liege. An der linken Wand ein Waschbecken, an der rechten die Eingangstür.

Kein Wandschmuck. Alles spartanisch karg. Drei einfache, helle Holzstühle. So auch der kleine Tisch ohne Decke, darauf nur ein Leitzordner. Und eine Sprudelflasche mit drei Gläsern.

Shakespeare wußte, er komme ohne Arzt nicht aus, wenn er das Drama des Ehepaares Macbeth schreibe, der beiden Irren, die zugleich Mörder und Mächtige waren. Sind doch diese beiden der gefährlichsten Kategorie zuzuordnen: Solchen, denen niemand außer ihren Ärzten (es gibt sogar zwei in Macbeth) schon beizeiten, solange sie noch zähmbar sind, ihr Irresein anmerkt. So daß sie zu Alleinbeherrschern werden können über ein ganzes Volk – ja, wie der Gefährlichste im 20. Jahrhundert, Adolf Hitler, zum Herrn über einen Kontinent.

Daß Hitler sich zwölf Jahre lang vier Kammerdienern und keinem seiner Ärzte, selbst wenn sie wie Morell neun und wie von Hasselbach acht Jahre seine Leibärzte waren, je ohne Hose gezeigt, sondern sich immer erneut geweigert hat, sich auch nur ein Klistier machen oder zwischen Nabel und Knie röntgen zu lassen, so gern und oft er sich auch den Kiefer, überhaupt den Kopf röntgen ließ: Womit sonst könnte *das ursächlich zusammenhängen, wenn nicht mit der Aussage seines Schulkameraden Eugen Wasner, der enthauptet wurde, weil er im Rußlandkrieg zu «Kameraden» gesagt hat, er habe mit anderen Kindern in Leonding gesehen, wie ein Ziegenbock seinem Freund «Adi den halben Zippedäus abgebissen» hat? (Doku-*

mentiert im Buch von Wasners Pflichtverteidiger Dietrich Güstrow: ‹Tödlicher Alltag›, Siedler-Verlag, Berlin 1981).

Welcher Patient außer Hitler hat je seinem Leibarzt verwehrt, ihm ein Klistier zu machen? Und hat das an Arztes statt selber versucht, vergeblich, sitzend auf dem Klo? Nicht einmal *seinem Arzt verwehrt, sondern immer?*

Das alles ist nachzulesen in Morells unersetzlichem Tagebuch, das David Irving in Washington aufgefunden hat, hier zitiert im Dialog. Und belegt im Nachwort.

Der eine *große Krach, den Morell in neunjähriger, fast täglicher, oft täglich mehrfacher, auch nächtlicher Behandlung mit Hitler erlebte – entstand dann logischerweise auch durch die Wiederholung von Morells jahrelang vergeblicher Forderung an Hitler, den Unterleib endlich einmal* röntgen *zu lassen!*

«Als ich ihm Berlinreise und dortige Röntgenuntersuchung vorschlug, wurde der Führer sehr heftig (wie er in den vergangenen acht Jahren noch nie zu mir war). Große Abfuhr. *(Er sei kein dummer Schuljunge und wisse, was er zu tun habe usw.)» So Morell am 16. 11. 44 – und niemals wieder hat er riskiert, von diesem offenbar heikelsten aller «Punkte» mit Hitler zu sprechen.*

Im 3. Buch Mose, 21. Kapitel, Vers 18 warnt der HERR Moses, keinen «mit beschädigten Hoden» Priester werden zu lassen. Luther übersetzt «verbessernd»: «mit ungewöhnlichem Glied». Das hat schon bei Papstwahlen dazu geführt, daß der Aussichtsreichste vor seiner Inthronisierung sich auf einen Stuhl setzen muß, der im Sitz ein Loch hat, durch das ein Kurienkardinal fassen und prüfen kann, ob der Kandidat «da» normal ist. Womöglich ist die Mißachtung gerade dieses *Gebots,* das *zu überprüfen – denn alle sonst in Moses 3, 21, 17ff. aufgezählten «Fehler» sind ja sichtbare – zum Schicksal des zwanzigsten Jahrhunderts geworden: Der nun zweifellos* Folgenreichste *des Zeitalters war – was immer er sonst noch war – Adolf Hitler.* Der *könne* kein Gezeichneter *gewesen sein?*

«Normal»? – dem Auschwitz einfiel? Und der die Überredungskraft hatte, den Holocaust «durchführen» zu lassen von dem Volk, in dem der Dichter des ‹Nathan der Weise› geboren war?

Professor Morell, den die Umgebung Hitlers «das schwarze Schneckerl» genannt hat, denn er «sah sehr negroid aus» (so Hitlers Diätköchin Magdalena von Exner am 23.VI. 2001 zu Hochhuth), ist grotesk dick, nennt im Tagebuch sein Gewicht: 230 Pfund; und trägt zum biergelben Parteirock zwei schmale Ordensspangen auf der linken Brust über der Uniformtasche und darunter das Goldene Parteiabzeichen, das Hitler zuweilen auch jenen verlieh, die der Partei gar nicht oder erst seit kurzer Zeit angehörten. Morell soll bis zuletzt ein Judenfreund gewesen sein, was natürlich höchst sorgsam zu tarnen war, und hat bestimmt nicht aus ideologischen, sondern allein aus gesellschaftlich-karrierebewußten Gründen 1936 sich zum Leibarzt anheuern lassen … Ein lustiges Foto – Bauchgewölbe wie ein gespannter Flitzbogen, so steht Morell vor seinem Führer – bildet Joachim Fest ab in seiner klassischen Biographie; klassisch ist ein Werk, wenn es alle zum gleichen Thema später geschriebenen überflüssig macht. So muß Kershaw in seiner 2000 publizierten Biographie noch drei Bücher von Fest nennen – unredlicherweise nennt er Fest's ‹Hitler› nicht – und sogar neun (!) von Irving, die er ausgebeutet hat …

«Mein Führer», so die offizielle Anrede – unter sich sprach das Personal des Hauptquartiers stets vom «Chef» –, hat nur schwarze Hose und Schuhe an, Hosenträger hängen an der Hose herab, die er noch mit den Händen festhält. Unterhemd und weißes Hemd und schwarzer Schlips hängen mit dem feldgrauen Wehrmachtsrock, der allein mit dem Eisernen Kreuz aus dem Ersten Weltkrieg und dem schwarzen Verwundeten-

abzeichen bestückt ist, aber sonst ohne Rangabzeichen, auf der Stuhllehne im bühnengroßen, fast leeren Vorraum zum Klo. Morell trägt einen weißen Kittel über dem Parteirock, lange schwarze Hose, schwarze Schuhe. In der Hand sein Stethoskop, er hat Hitler, der auf einem der Stühle sitzt, abgehorcht.

Daß Hitler sich in immer kürzeren Abständen heiß die Hände mit Seife wusch und schrubbte, ist belegt, also keine «dichterische Freiheit», sollte das deshalb jemand denken, weil das auch der bezeichnende Tick der Lady Macbeth war. Ihre Kammerfrau sagt zum Arzt: «Als wüsche sie sich ihre Hände alle Viertelstunde.» Der Arzt kommentiert: «Diese Krankheit liegt außer dem Gebiete meiner Kunst.»

Schauspieler, die Hitler spielen wollen – ideal wäre ein Komiker wie Dustin Hoffman –, werden nach einem «Otto» Hitlers fragen oder sogar nach mehreren Ticks, die helfen, ihn zu charakterisieren. Äußerliche gibt es nur zwei – so daß fast nicht zu leisten ist, was vom Schauspieler verlangt wird: Auch in diesem Menschen die Banalität des Bösen zu zeigen, die Hannah Arendt an ‹Eichmann in Jerusalem› mit Schaudern beobachtete …

Ein äußerliches Merkmal, allerdings ein grotesk signifikantes, war, daß Hitler, sogar dann, wenn er marschierte, die «Frontabschritt», wie das hieß, sehr oft die Hände über seinen Genitalien hielt. So daß die Frauen, die ihn vergötterten, bevor er ihre Söhne, Männer, Brüder an der Front umbrachte, besorgt sagten: «Unser Führer versteckt den einzigen Arbeitslosen.» Die sehr wenigen Männer, die nicht seine Anhänger waren, kommentierten barsch: «Er sagt's ja selber, ihm ist keiner gewachsen» …

Allenfalls noch ein weiterer «Otto»: Der Gynäkologe Geheimrat Stoeckel, der Magda Goebbels sechsmal entbunden hat, wurde schon im Dezember 1932 gemeinsam mit Hitler bei ihr eingeladen und beschrieb amüsiert Hitlers Tick, wenn er mit jemandem bekanntgemacht wurde:

«Ich muß gestehen, daß ich keinen überwältigenden Eindruck von dem Mann hatte, dessen Absicht es war, die Regierungsgewalt im Reich zu übernehmen. Er sagte zunächst gar nichts, ergriff meine Hand, ließ sie nicht los und blickte mir dabei prüfend in die Augen. Er hatte einen ‹offenen Blick›. Da es zum Metier des Arztes gehört, ebenfalls prüfend in viele Augen zu schauen, störte mich die Gründlichkeit seiner Betrachtung nicht. Überdies wollte ich nichts von ihm, verehrte ihn weder noch mißtraute ich ihm, hatte also keinen Grund, unsicher zu werden.

Nach einer Weile trat ein schmales Lächeln in sein Gesicht, er ließ meine Hand los, nickte freundlich und behauptete, sich zu freuen.

Später hörte ich, daß die ‹Augenprobe› zu Hitlers Ticks gehörte und ihm den Ruf eingebracht hatte, ein hervorragender Menschenkenner mit der Fähigkeit zu sein, in Sekundenschnelle sein Gegenüber richtig zu beurteilen.»

MORELL *(horcht Brustkorb und Rücken des Dreiundfünfzigjährigen ab):*
Wenn Sie, mein Führer, jetzt bitte einmal aufstehen!
Ihr Herz schlägt ruhig, gleichmäßig, ich höre keine
krankhaften Geräusche. Ihr Puls ist kräftig –
bei Männern in Ihren Jahren nicht mehr immer üblich.
Und Ihr Blutdruck, wie ich es Ihnen längst schon
gesagt habe, ist so stabil, daß Sie sich Ihre strenge Diät in
keiner Weise auferlegen müßten.

HITLER *(lacht geschmeichelt):*
Und wie oft habe ich Ihnen schon gesagt, Professor,
daß ich Enthaltsamkeit von Fleisch, Fisch, Kaffee
niemals als Diät empfunden habe;
mir schmeckt Grünfutter einfach besser – außerdem:
Woher wissen Sie, ob nicht mein Verzicht

Ursache dieses Ergebnisses ist?
Hätte ich Fleisch gegessen, wie nicht mehr seit vielen Jahren ...

MORELL: Gestatten mein Führer: Nein!
Sie können sich anziehen!

HITLER *(streift die Hosenträger über die Schultern und geht zum Waschbecken, seift sich heftig die Hände während des Dialogs. Dann hält Morell ihm Unterhemd, Hemd und Rock hin; Hitler bindet seinen schwarzen Schlips, sagt ungeduldig):*
Aber warum dann, lieber Morell – heute in den Morgenstunden
schon im Bett, gegen vier diese ... wie soll ich's nennen:
Herzbedrückungen ... Verkrampfungen fast, aufstehen
mußte ich, mich ans Fenster stellen ... um frische Luft ...

MORELL: Warum haben Sie, mein Führer,
nicht die Nitroglyzerin-Tropfen genommen?
Speziell schwerwiegende Nachrichten gestern,
ja, eine Aufregung?
Die Front war ruhig, sagte mir vorhin Feldmarschall Keitel ...

HITLER *(verächtlich, lacht):*
Ja, wenn Sie *den* über mich konsultieren!

MORELL *(lacht):*
Oh, nein, mein Führer – der Feldmarschall sah nur,
Sie hatten mich rufen lassen.

HITLER: Von Kunst versteht Keitel ja nun weniger
als ein Kinoportier, der könnte gar nicht mitfühlen,
was mir gestern abend wieder einmal die Juden angetan ...
Erhielt Meldung, persönlich-mündlich, weil's absolut geheim
bleiben muß, also auch Ihnen nur wie
ein Arztgeheimnis ans Herz gelegt ...

MORELL *(geschmeichelt):*
Jawohl, mein Führer – versteht sich von selbst!

HITLER *(wehmütig, in absolut ehrlicher Traurigkeit):*
Sie kennen mich ein wenig besser als andere, lieber Morell,

wissen, meine Berufung zum Führer durch die Vorsehung
ist nicht gegen meine Natur mir auferlegt worden,
aber gegen meinen Willen, ja!
Es ist schon so, wie ich zu Mussolini gesagt habe,
voriges Jahr, als er wieder nach Rom abreiste:
In einem solchen Kulturzentrum ein Vierteljahr,
ein ganzes Jahr arbeiten zu dürfen – statt hier
diesen mir aufgezwungenen Krieg am Halse zu haben,
das entspräche meinen Neigungen!
Und da Sie wissen, Morell, ich komme von der Kunst her,
so können *Sie* ermessen, doch niemand sonst hier
in meiner täglichen Krieger-Umgebung kann das mitfühlen,
daß mich gestern die Hiobs-Botschaft fast umwarf,
die Reichsminister Goebbels brachte, man habe im Kirchenbuch
des Wiener Stephan-Doms entdeckt,
daß der Vater des Radetzky-Marsch-Komponisten
sich dort habe taufen lassen
als eingewanderter Jude aus Ungarn!

MORELL: Entsetzlich, mein Führer – wahrhaftig.
Sie *können* ja Strauß als populärsten Mann in Wien
– außer Ihnen, mein Führer, ist fraglos Strauß
der Populäre schlechthin dort und nicht nur dort ...

HITLER *(gereizt, aber nicht unfreundlich, er weiß ja, daß er und allein neben ihm noch Johann Strauß so populär ist wie nur Bier und Beischlaf):*
Das müssen Sie mir nicht sagen! Weder ich noch sonst
irgendeine Macht auf der Welt können den Walzerkönig
verbieten, weil er Enkel von Juden ist!
(Als könne Hitler das noch immer nicht wahrhaben, und kann das tatsächlich nicht; schreit *er das ihm noch immer Unfaßbare heraus):*
Der Komponist des Radetzky-Marsches ein – *Jude!* Nein!
Habe angeordnet, schweren Herzens, die Seite im Kirchenbuch

durch eine gefälschte zu ersetzen,
so sehr mir das gegen Natur und Ethos geht,
natürlich nur mündlich über Goebbels angeordnet …
Aber so sind diese Teufel, eine wahre Weltverschwörung,
das internationale Judentum …
(*Hitler sagt:* «Juddentomm»)
Mir auch *das* noch anzutun …
Am schlimmsten, so ehrlich ist einer nur
(Hitler lacht):
zu seinem Arzt: Morell! Das Schlimmste, daß sogar
meine ureigene Liebe zu Strauß, Sohn wie Vater
durch diese Entdeckung nicht kaputtzukriegen ist!
(Der machtvolle Geisteskranke hat die Wahrheit gesagt. Sein britischer Biograph Kershaw zitiert Albert Speer, der noch am 24. Juni 1944 auf dem Obersalzberg mit Hitler die ‹Fledermaus› hörte: «Abends saß ich … in der Runde am Kaminfeuer, umgeben von ihm (Hitler), Eva Braun und seinem Hofstaat. Das Gespräch plätscherte gleichgültig dahin, Bormann schlug vor, Schallplatten abzuspielen; legte eine Wagner-Arie auf und ging alsbald über zur ‹Fledermaus› …»)
MORELL: Entsetzlich, mein Führer – wahrhaftig!
HITLER: Juden aus Ungarn … jüdisch auch die Frau oder Mutter,
geborene Tollmann: ihr Enkel – Volljude!
Das tun mir diese Teufel auch noch an!
Der populärste aller Musiker – Volljude!
Und natürlich niemals zu verbieten … unser Volk
würde nicht *verstehen,* warum ich Strauß-Musik verbiete.
Ginge ja nicht stillschweigend, so wie ich vor zwei Jahren
Schillers ‹Wilhelm Tell› verbieten konnte;
ich trat da gar nicht in Erscheinung, der Kultusminister bekam
durch Goebbels einen Wink, Schullektüre dürfe ‹Wilhelm Tell›
nicht mehr sein, dürfe auch nicht mehr inszeniert werden.

Morell *(der natürlich durchschaut hat, daß er seit Jahren im Dienst eines vor Verfolgungswahn Irrsinnigen steht, einem nicht nur aus* diesem *Wahn Irrsinnigen):*
Was aber sprach gegen ‹Wilhelm Tell›, mein Führer?
Hitler *(lacht):*
Gegen diesen Schweizer Heckenschützen: Das *sehen* Sie nicht?
Das sehen Sie nicht einmal nach Heydrichs Ermordung?
Morell, ich bitte Sie: Außer Stockholm, Lissabon, Madrid
gibt es auf dem Kontinent keine Hauptstadt, in der nicht
deutsche Besatzung oder deutsche Statthalter amtieren:
Heydrich hat Prag regiert ... wurde folglich prompt ermordet
wie Geßler.
Vorbild: Schillers amoralisches Machwerk. Ich habe doch
keinen *Verfolgungswahn*! Wir mußten in Plötzensee
einen köpfen – *das* können Sie natürlich nicht wissen,
als Geheime Reichssache behandelt, weil nun einmal bekannt
gewordene Attentate, selbst wenn sie scheitern,
den vehementesten aller Imitationseffekte auslösen:
Einen *Schweizer* Studenten köpfen, katholischer Theologe,
der versucht hat, mich in München, ja sogar
auf dem Berghof zu ermorden ... acht Tage
nach Einlieferung des Geköpften in die Berliner Anatomie
habe ich Tell als Schullektüre und Bühnenstück verboten
– *blutenden Herzens,* Professor, werden Sie mir glauben.
So viel verstehe auch ich von Nachwelt, um zu wissen,
sie ist – in Friedenszeiten von Glück verdummt –,
gar nicht mehr fähig, die Nachwelt, wenn wir erst
mit dem Endsieg den Frieden haben, zu begreifen,
wie gefährlich dieser Schweizer mir geworden war.
Ich konnte ja seinetwegen ab Kriegsbeginn den Gedenkmarsch
der Getreuen am 9. November niemals mehr mitmarschieren
in Münchens Altstadt durch ihre engen Straßen!
Jahr für Jahr war ich am 9. November dort marschiert.

MORELL *(lacht):*
Ja, wörtlich heißt es in ‹Wilhelm Tell›, fast
eine Anweisung für Attentäter:
Durch diese hohle Gasse muß er kommen,
es führt kein andrer Weg nach Küsnacht!
HITLER: Sie können's sogar zitieren!
Nur *ein* Jahr nach diesem Schweizer Heckenschützen
hat dann Elser, dieses Subjekt
aus dem schwäbischen Kleinbürgertum,
sein Attentat im Bürgerbräukeller tatsächlich ausgeführt.
MORELL: Verstehe, mein Führer,
es ist der 9. November der *einzige* Tag im ganzen Jahr,
an dem, wie jedermann weiß,
Sie im Kreis Ihrer Getreuesten an *diesem* Ort sind!
Daher dort, nur dort: *Zwei* Attentäter!
HITLER *(so hat er fast wörtlich in seinen ‹Tischgesprächen› monologisiert):*
Zwei am gleichen 9. 11. 38: Der Schweizer, mich zu erschießen,
sogar in der Gewißheit gelyncht zu werden. Der Elser
zur Tatort-Erkundung für sein Attentat ein Jahr später!
MORELL: Deshalb auch nie ein Sonderzug,
außer bei Ihren Frontreisen?
HITLER: Klar, Morell, habe mein Begleitkommando
strikt angewiesen, niemals Auskunft zu geben, und würde
selbst ein Feldmarschall oder Minister die Frage stellen:
Wohin fährt wann der Führer? Niemals Auskunft geben,
damit vor allem die Polizei das nicht erfährt, weil die
mit ihrem Absperrungstick erst schlafende Hunde weckt!
Auch Flakwagen fallen nur auf! Viel sicherer,
meine Salonwagen stets erst in letzter Minute
an reguläre Reichsbahnzüge anzukoppeln!
Völlig überraschend kommen und gehen, das allein bietet
Schutz vor Attentätern, denn gegen Idealisten, die bereit sind,

das eigene Leben zu opfern, ist kein Kraut gewachsen.
Daher ich ja, als wir in Wien eingezogen waren, auch
der ‹Wilhelm Tell›-Aufführung, mir zu Ehren,
im Burgtheater fernblieb.

MORELL *(hat andächtig gelauscht, wie der mörderische Feigling umständlich begründet, warum er seine Fahrten unters Volk geheimhält; nun greift er, seine Genugtuung geschickt verbergend, den lähmenden Kummer seines Patienten wieder auf):*
Sicher ist das so, mein Führer. Aber Strauß – Jude!
Ja, muß zustimmen, niemand würde begreifen ... erstens:
(Morell ist jetzt vorsichtig. Er weiß, daß er damit den Rassismus seines Gebieters ad absurdum führt, ja als so *idiotisch brandmarkt, wie der idiotisch ist):*
Warum so Erstklassiges überhaupt durch Juden geschaffen
werden konnte; zweitens, warum Sie dann die Juden
vernichten, wenn Juden sogar fähig sind, Radetzkymarsch
und Zigeunerbaron zu komponieren ...

HITLER *(resigniert):*
Mein Unglück mit Künstlern reißt nicht ab!
Sie kennen das Lied: ‹Heimat, deine Sterne› ...

MORELL *(begreift noch nicht):*
Die meistgesungene Sentimentalität der Nation.
Wer kennte sie nicht, natürlich!
Jeder, der die populärste aller Radio-Sendungen hört,
jeder weiß: Das meistgewünschte Lied in jedem
«Wunschkonzert» ist ‹Heimat, deine Sterne› ...
Doch kein *Jude,* sein Verfasser?

HITLER: Nein – immerhin kein Jude. Aber ein Volksverräter,
dieser, weiß nicht, wie er heißt ...

MORELL: Erich Knauf heißt er – so berühmt schon jetzt
sein Lied wie vieles von Strauß!

(Im Januar 1946 hat Erich Kästner in der Münchner NEUEN ZEITUNG ein Faksimile der Rechnung für den Scharfrichter abgebildet, die von den Nazis regelmäßig an die Angehörigen der Enthaupteten oder Gehenkten geschickt wurden. Erich Kästners Begleittext hieß: ‹Eine unbezahlte Rechnung›. Kästner gedenkt in seinem Essay des ebenfalls hingerichteten Freundes E. O. Plauen, den Hitler hier erwähnt. Hier die Rechnung.)

Reichsanwaltschaft beim Volksgerichtshof
Geschäftsnummer 4 J 777/44
— Staatsanwaltschaft —
Kostenrechnung
in der Strafsache gegen Erich Knauf

Gebühr gem. §§ 49. 52 SGKG für Todesstrafe	300,--
Postgebühren gem. § 72,1 SGKG	1,84
Gebühr gem. § 72,6 für den als Pflichtverteidiger bestellt gewesenen Rechtsanwal. Ahlsdorff, Berlin-Lichterfelde-Ost, Gärtnerstraße 10a	81,60
für die Strafhaft vom 6. 4. 44 bis 2. 5. 44.	44.—
Kosten der Strafvollstreckung; Vollstreckung des Urteils	158,18
hinzu Porto für Übersendung der Kostenrechnung .	—,12
zusammen:	585,74

Zahlungspflichtig: Die Erben des Erich Knauf, z. Hd. von Frau Erna Knauf, Berlin-Tempelhof, Manfred-von-Richthofen-Str. 13, bei Fa. Gilbert, Mach.

Hitler *(winkt ab, hat aus Enttäuschung genug):*
Dieser Knauf hat im Bunde mit dem «Vater und Sohn»-
Zeichner E. O. Plauen, den wir auch köpfen mußten
– beide Hinrichtungen waren gottlob geheim zu halten –,
die niederträchtigsten Reden in einem Treppenhaus
über mich und unseren Schicksalskampf gehalten.
Aber ich kann auch ‹Heimat, deine Sterne› nicht verbieten.
So wenig wie Strauß ... Sie, Morell sind der einzige,
mit dem ich hier – sonst nur Krieger um mich und manchmal
Reichsminister Goebbels und Speer, die kommen
aber zu selten, über Kunst reden kann, entschuldigen Sie.

MORELL *(lacht):*
Aber wie mich das doch ehrt, mein Führer!
HITLER: Warum, Morell, sind Künstler, denen das Dritte Reich Chancen gibt wie kein Regime zuvor, dermaßen undankbar?
MORELL *(tröstend):*
Mein Führer – ich bitte Sie: Denken Sie an Ihre genialen
Bildhauer, Maler, Schriftsteller, die völlig gehorsam
– gehorsam zweifellos *auch* aus Dankbarkeit –
zu Ihnen und dem Großdeutschen Reich stehen!
Nur, darf ich mir erlauben anzumerken, da Sie in Ihrer Güte,
mein Führer, mir soeben auch Ihre Sorge offenbarten – nein,
Ihre Gewißheit, den Juden Strauß, da er so populär ist,
nicht verbieten zu *können;* darf ich anmerken:
Wenn Sie schon so freundlich sind,
über das Problem der Popularität zu mir zu sprechen:
So populär zweifellos die Abschiebung
aller Juden aus dem Reich nach Osten ist –
eines muß ich Sie wissen lassen:
Daß in unseren Städten und Dörfern auch die Namen
der zwölftausend für Kaiser und Reich im Ersten Weltkrieg
gefallenen Juden von den Kriegerdenkmälern
abgekratzt werden,
ist entschieden *nicht* populär, mein Führer!
HITLER *(aufgebracht):*
Aber wieso *weiß* man das überhaupt? Stand denn
diese Maßnahme in einer Zeitung, kam sie im Rundfunk?
MORELL: Das nicht, mein Führer – kaum ein Großstädter
wird es wissen, Berliner, Hamburger oder Münchner.
Aber in den Kleinstädten, wo jeder von jedem jedes weiß
und jeder natürlich auch den nur *einen* Friedhofsgärtner,
den nur *einen* Totengräber kennt, da wurde es bekannt –
und wird verurteilt, weil doch die Leute sagen ...

HITLER *(ohne jedes Gefühl, hier vom Ehrlosesten zu sprechen, das er je angeordnet hat):*
Ja, das war nicht klug, danke, Morell!
Aber Ihre Warnung kommt zu spät ... käme jetzt ein Widerruf
dieser Maßnahme, würde das noch mehr Aufsehen erregen.
Ich habe noch eine sehr peinliche Frage an meinen Arzt,
fast vergessen – bei all den äußeren Bedrängnissen
rede ich nicht gern von meinem Körper.
Wie konnten Sie mir dreimal täglich zwei Vitamultin-A
aufnötigen, lieber Morell, haben Sie vergessen,
daß der Kakao-Zusatz in diesen verdammten Dingern
meine Verstopfung steigert, weshalb ich längst
nur noch zweimal eine nehme?

MORELL: Aber Vitamultin steigert entscheidend, mein Führer,
Ihre Widerstandskräfte! Könnten wir nicht
– es gibt nichts Besseres! –, mein Führer,
wenigstens bei zweimal zwei Stück bleiben?

HITLER: Nein! Denn ich habe Ihnen noch nicht gesagt,
weil das unendlich peinlich ist, daß mich immer stärker,
ja unerträglich Blähungen quälen, was ich auch auf
den Kakao-Zusatz in Vitamultin-A zurückführe.
Diese Darmgase: Unmöglich!

MORELL: ... ja, leider. Und Mundgeruch, aber da Sie bereits
heute nacht davon sprachen, habe ich ein Klistier
und warmen Kamillentee mitgebracht!

HITLER *(verzweifelt):*
Auch noch Mundgeruch! Merkt man ja selbst nicht.
Und stehe doch täglich Stunden im Kreis meiner Generale,
auf Tuchfühlung am Kartentisch – unmöglich.

MORELL *(herzlich, werbend, holt schon die Klistierspritze aus seiner breiten Arzttasche):*
Aber, mein Führer, das ist doch die *geringste* Ihrer Sorgen!
Ich mache Ihnen jetzt sofort hier ein Klistier ...
(Er weist auf die Liege hin.)

Hitler *(lacht, gar nicht verlegen, sondern wie über eine geradezu irrwitzige Absurdität, die keineswegs auch nur* entfernt *mit* ihm *etwas zu tun haben könnte):*
Morellchen, Sie werden nicht erwarten,
daß ich Ihnen meinen Hintern zeige!
Ausgeschlossen, ein Klistier, wenn's denn sein muß,
weil die verdammten Gaspillen nichts helfen,
das mache ich mir schon selbst auf dem Klo …

Morell *(wußte längst, er bekomme seinen Führer, nun seit acht Jahren Leibarzt, nie ohne Hose zu sehen; hütet sich, merken zu lassen, für wie verdächtig er das hält. Er würde auch nie im Tagebuch, da man das finden könnte, einen diesbezüglichen Eintrag wagen … Er hat seiner breiten, tiefen Arzttasche bereits die Klistierspritze entnommen und füllt sie jetzt aus einer Halbliterflasche mit Kamillentee):*
Im Sitzen, mein Führer, bleibt die Wirkung, fürchte ich,
gänzlich aus. Sie werden doch den Kamillentee
sofort wieder verlieren, herausdrücken!

Hitler *(entschlossen, dem Arzt das Normalste vom Normalen zu verweigern, hat schon seinen Rock wieder über die Stuhllehne gehängt):*
Ich versuch's selbst. Auf dem Klo.
Da Sie, Morell, doch schon mehrfach sagten,
daß mein Karlsbader Mühlbrunnen und die Boxberger Pillen –
wie oft schon genommen, vergebens – gegen meine
Obstipation fast nichts geholfen haben!
Geben Sie her, danke – ich versuch's!

Das tut Hitler, geht auf die schmale Türe im Hintergrund zu, man hört deutlich, wie er sich sogar einschließt, was sein Leibarzt gleich zweimal in sein Tagebuch schreibt: am 30. 9. 1944 (Samstag) 12.00–14.30: «Hoher Öleinlauf sowie Kamilleneinlauf im Bett wurden strikte abgelehnt, hingegen Irrigator-Kamilleneinlauf im Klosettraum selbst durchge-

führt, und zwar in der Art, daß Patient sich auf das Klosett dabei setzte. Ich mußte draußen bleiben (er schloß sogar ab). Die Flüssigkeit bliebe nicht drinnen, sondern er müsse sie sofort herausdrücken (leider!).»
Nachmittags 19.30 Uhr:
«Er habe mich nur rufen lassen, um mir gleich die freudevolle Mitteilung der Wirkung zu machen. Karlsbader Sprudelsalz *5 gr. in 20 ccm Wasser (warm) morgens und abends im Verlauf von etwa vier Stunden zu trinken. Heizkissen weiter. Nur Schleimsuppe oder nichts. Keine Medikamente, sondern weitere Stühle abwarten. Führer soll sich demnächst selbst mit Mastdarmspritze Kamillentee-Injektionen von Zeit zu Zeit machen (da er mich dieselben nicht ausführen läßt).»*

MORELL *(steht vor der Klotür, bringt es einfach nicht fertig, diesen Stoßseufzer zu unterdrücken; auch sein Kopfschütteln nicht):*
Auch tot, nur weil er Jude war, der mir gesagt hat,
als ich Leibarzt wurde:
Lesen Sie ‹Macbeth›, Morell, da gibt es *zwei* Leibärzte!
Das schlimmste aller Dramen – das einzige –, das
nicht ohne zwei (!) Ärzte auskommt: Ein Klistier *im Sitzen*!
(Dann drei Schritte rampenwärts):
Seit acht Jahren Leibarzt, doch darf seinen Hintern nicht
sehen … Jaa, schließt die Klotüre vor mir ab!
(Kurzes Auflachen, dann):
Wie sagt sein Arzt zu Macbeth:
«Da muß der Kranke sich selbst bedienen»
Und Lady Macbeth wäscht sich – wie nur er –
die Hände jede Viertelstunde.
«Der Anblick hat mir Schreck und Graun gemacht …
Ich denk und darf nichts sagen.»

HITLER *(schließt die Klotür auf, kommt wehleidig zum Vorschein; reicht wie blamiert Morell die Klistierspritze):*

Danke, mein lieber Morell, danke – aber läuft
sofort wieder raus, läuft sofort wieder raus.

MORELL *(wagt nicht noch einmal anzubieten, daß er Hitler im Liegen das Klistier machen darf. Er hält denn auch am 1. Oktober 1944 fest: «Weiterhin Bettruhe. Massage mit Franzbranntwein wäre sehr gut, aber nicht erwünscht. Die gute Wirkung der Kamilleneinläufe wird eingesehen, und Patient will diese auch künftig selbständig wiederholen. Außer dem Irrigator habe ich eine Klistierspritze in Aussicht gestellt, damit dosierte Anwendung im Bett selbständig ausgeführt werden kann.»):*

Dann, mein Führer, versuchen Sie's doch bitte,
sobald Sie heute abend im Bett liegen ... versuchen Sie's
liegend. Sogar dann, wenn Sie das selber machen,
wird zweifellos nicht alles gleich wieder
wie auf dem Klo herausgedrückt ...
ich bleibe ja hier bis Sie – hoffentlich einmal *vor* Mitternacht –
schlafen gehen und wärme Öl und Kamille noch einmal an ...
damit nicht Ihr Mastdarm ...
(Während sich Hitler wieder heftig die Hände wäscht und Morell die Klistierspritze wieder einpackt):
Ich habe Fräulein von Exner gebeten, sich bereitzuhalten,
mein Führer, um in Ihrer Gegenwart ihr die Angaben zu
machen, was Sie Ihnen zusätzlich kochen soll.
Darf ich sie hereinrufen lassen?
(Er öffnet die Türe und sagt):
Bitte, Fräulein von Exner!
... nicht Magen und Darm sind die Probleme, mein Führer,
sondern Ihr Mangel an frischer Luft! Und Ihr Schlaf –
erstens viel zu spät ...

HITLER *(lacht):*

Dafür schlafe ich aber *aus,* Morell! Werde um zehn geweckt,
stehe nie vor elf auf, weil die Frontlage früher noch
gar nicht übersichtlich ist und erörtert werden kann ...

MORELL: Aber Ihr Schlaf, *das* wollte ich sagen, mein Führer, erholt Sie deshalb nicht genug, weil Sie fast immer noch Akten mitnehmen, sogar wenn Sie erst um zwei schlafen gehen.
Sie dürften auch kein Buch am Bett haben, das nur im entferntesten ans zwanzigste Jahrhundert erinnert.

(Die Diätköchin Magdalena von Exner erscheint, eine elegante, schlanke Dame, Mitte Zwanzig, ungefähr im Alter ihrer Brüder, deren einer bereits seit einem Jahr vermißt ist; «für Führer, Volk und Reich», wie den Gefallenen in den Todesanzeigen angehängt wurde …

Der damals berühmte Wiener Internist Professor Hans Eppinger, schon zu Lenin nach Moskau geholt, anläßlich des Schlaganfalls 1920, im Krieg dann von Rumäniens Marschall Antónescu zeitweise als Arzt bemüht, hatte seine Assistentin Magdalena von Exner als Diätköchin nach Bukarest «mitgebracht». Als Hitlers Bormann sie kennenlernte anläßlich eines Besuchs des Rumänen in der Wolfsschanze, fragte er, wieso der *eine Diätköchin habe, eine deutsche sogar, sein Führer aber nicht – und warb sie ab; sie blieb in Hitlers Hauptquartier. Ausdrücklich schätzte Hitler sie besonders wegen der aus seiner Jugend geliebten Wiener Mehlspeisen, mit denen sie ihn «verwöhnen» durfte, weil sie keine der vom Führer gern gegessenen Hülsenfrüchte enthielten, die Hitlers Blähungen verstärkten.*

Eppinger nahm sich das Leben, weil er als Klinikchef «nach dem Krieg Steine klopfen mußte», wie Frau von Exner am 1. Juli 2001 am Telefon zu Hochhuth sagte, denn «er hat medizinisch an Menschen experimentiert». Irving schrieb Eppingers Selbstmord der Tatsache zu, daß einer seiner Oberärzte, Weigelböck, sich an Menschenversuchen in den KZs beteiligt hatte. Antónescu wurde 1946 aufgehängt, 1944 war er vom jungen König Michael als Kriegsverbrecher verhaftet worden; er hatte Rumänien 1941 an der Seite Hitlers in dessen Krieg gegen Rußland geführt, gegen den Willen des rumänischen Volkes und seiner Monarchie.)

EXNER *(knappe Verneigung, Hitler streckt ihr herzlich die Hand hin):*
Sie wollten mich sprechen, mein Führer.

HITLER: Fräulein von Exner, der Professor hat
zusätzliche Vorschläge, wie Sie mich noch weiterhin
verwöhnen können, denn da gibt's, doppelt peinlich,
das vor einer Dame zu erörtern, entschuldigen Sie ...
Darmgase, die ich nun weiß Gott nicht brauchen kann,
wenn ich am Kartentisch stehe mit meinen Offizieren –

EXNER *(erschreckt, lacht das aber selbstsicher weg):*
Und die sollen, Herr Professor, ausgerechnet
auf *meine* Diätrezepte zurückzuführen sein, bin betroffen!

MORELL *(geht auf sie zu, faßt sie charmant am Arm):*
Aber nein, nein, liebes gnädiges Fräulein: Fabelhaft,
wie im Gegenteil Ihr Kochen die Scherereien des Führers
mit seinem Magen fast – nicht völlig, aber fast gänzlich
weggebracht hat! Doch verschreibe ich heute
gegen die Gase erstmals Kümmeltee – so viel der Führer
im Laufe des Tages und der Nacht trinken mag.
Vor allem: Nie Hülsenfrüchte, absolut *keine Hülsenfrüchte,*
das entbläht schon nachhaltig. Wenig Gemüse, wenig.
Doch Tatar mit Toast – das Tatar ein bißchen angebraten ...
vor allem aber ein Rührei – nein, nicht nur eines ...
Die Medikamente stellen Sie selbst, Fräulein von Exner,
nach der Suppe neben den Teller!
Denn der Führer vergißt sie oft ...

HITLER: Ja – und bitte, sich nicht wegbewegen
von meiner Seite, bis ich gehorsam geschluckt habe,
was Morellchen mir verordnet hat!

EXNER *(geschmeichelt):* Wird geschehen, da wird Herr Linge
zwar sehr eifersüchtig, wenn *ich* das tun darf, nicht er. Aber …
MORELL *(lacht):* Kein «Aber» – für die Medikamente
und daß der Führer keines vergißt, hat er nun Gott sei Dank
seine Diätköchin – nicht den Kammerdiener!
Vor allem: keinerlei Hülsenfrüchte mehr, Fräulein von Exner.
HITLER: Ist aber schrecklich, was Ihr mit mir macht, Doktorchen
Die Erbsen- und Bohnen-Suppen Fräulein von Exners
sind ja nun nach ihren Kaiserschmarren und Palatschinken
beinahe noch meine einzige Erholung!
MORELL: Die kommen ja auch wieder, mein Führer.
Nur nicht gerade jetzt – Ihre spastische Obstipation
läßt das momentan nicht zu. Momentan, sage ich.
Fräulein von Exner, tut mir leid, aber die Schlaflosigkeit
vorgestern ist nicht in erster Linie auf die Abdankung
des Duce zurückzuführen, sondern auf den weißen Käse
samt Kohlrouladen am Vorabend – zu schwer, zu viel!
Der Leib war ja noch vierundzwanzig Stunden später
brettartig hart gespannt, voller Gase.
Abends nur ganz leicht Verdauliches.
EXNER: Bei allem Respekt, Herr Professor: Wann soll denn
der Führer einmal *kräftig* essen? – wenn er schon
wie heute mittag wieder nichts als Haferschleimsuppe
ohne Milch, nur mit Wasser, einem Apfel, einer Birne
essen darf! Und Ihre Acidol-Pepsin-Tablette!
MORELL: Von der abends zwei: geben Sie acht, der Führer
kann nicht auch noch daran denken –
von Acidol-Pepsin abends *zwei*!
HITLER: Also, Fräulein von Exner, dann in Gottes Namen.
Aber kein Tatar unters Rührei schmuggeln.
(bestimmt):
Fleisch bleibe mir fern in jeder Form. Sonst *(zu Morell):*
gehorchen Ihnen doch Fräulein von Exner und ich!

Exner *(lacht, nickt):* Absoluter Gehorsam.
Hitler: Also – zu gedünsteten Äpfeln nur Traubenzucker?
Exner: Das *kann* nicht genügen, kann ich nicht verantworten,
mein Führer: Sprechen Sie ein Machtwort, Professor,
dann doch wenigstens noch einmal Haferschleimsuppe
mit Wasser angemachte und wenig Salz.
Obststücke: Weniger Birnen als Trauben?
Hitler: Das Karlsbader Wasser zu trinken – weigere ich mich.
Gebt mir – wenn Sie die heranschaffen können vom Berg
oder aus Berlin – statt dessen fünf Orangen.
Exner: Sind da, sind schon da, mein Führer –
muß ich nicht heranschaffen.
Morell: Mein Führer, darf Fräulein von Exner Sie zwingen?
(zu Exner, er hat die Tabletten-Schachtel aus seiner großen Tasche genommen):
Sie stehen neben dem Tisch, sonst denkt der Führer nicht daran
– zur Erhöhung Ihrer Widerstandskräfte: Dreimal täglich
je zwei Vitamultin-A zu nehmen?
Hitler *(lacht):*
Nein, so gern ich Fräulein von Exner neben mir sehe:
Darf sie nicht, wegen des Kakao-Zusatzes in den Dingern,
kann doch meine Verstopfung nur erhöhen!
Morell: Wir gehorchen, schlagen aber einen Kompromiß vor,
nur zweimal zwei Stück … einverstanden?
Hitler *(sehr gewinnend, dankbar, herzlich):*
Nein – nicht einverstanden, aber gehorche!
Und bin natürlich immer sehr erfreut, Fräulein von Exner
um mich zu haben, auch als Person, keineswegs nur deshalb,
(zu beiden):
weil Sie so wunderbar meine geliebten Wiener Mehlspeisen macht
– die Sie mir nicht auch noch verbieten dürfen, Professor.
(Er hat ihr, was er gern tut, spontan einen Handkuß gegeben.)

MORELL: Tue ich nicht, mein Führer – doch, ich muß
wiederholen – selbst Kaiserschmarren und Palatschinken,
können nie die Spaziergänge ersetzen ... und nicht ersetzen
vierzehn Tage Bergluft, statt Bunker-Stickigkeit:
Wann können Sie auf den Obersalzberg –
für wenigstens zehn Tage?

HITLER: Vorerst keine Aussicht, läßt die Frontlage nicht zu.
Seien Sie beide sehr herzlich bedankt.
(Er ist wieder aufgestanden, die Audienz ist zu Ende, er macht den «kleinen» deutschen Gruß – nicht am langen Arm, sondern indem er die Rechte über die Schulter erhebt. Morell grüßt ebenso, Hitler hat ihm die Hand hingestreckt, über der sein Arzt sich verneigt – da sagt, während Morell schon geht):

EXNER: Gestatten mein Führer – darf ich noch *eine* Minute privat
– privat eine Bitte vortragen.

HITLER: Selbstverständlich – wenn ich keine Zeit hätte für die,
die so sehr um mein leibliches Wohl –
was gibt's Fräulein von Exner?
(Morell ist gegangen, hat die Türe hinter sich geschlossen. Das nun folgende Bittgesuch wurde «in Wahrheit» nicht im Hauptquartier Wolfsschanze dem Führer vorgetragen, sondern wie Frau von Exner am 9. Juli 2001 Hochhuth noch einmal am Telefon in Erinnerung ruft, auf dem Berghof, vor dem sogenannten «historischen großen Fenster» mit seinem grandiosen Hochalpen-Blick ...)

EXNER *(ganz unbefangen, sie hält ja eine Ablehnung ihrer Bitte überhaupt nicht für möglich. Ihr Bruder ist vermißt, kam aber nie wieder. «Gefallen» ist anläßlich ihrer Bitte jedoch effektiver – denkt sie):*
Mein Führer, Sie haben Anteil genommen,
als mein jüngerer Bruder gefallen ist;
mein anderer Bruder ist Arzt und natürlich in der Armee,

aber er darf nicht Offizier werden, weil er Achteljude ist: eine unserer Urgroßmütter war Jüdin! Könnten Sie nicht ...

HITLER *(ungehalten, empört, aber nicht um der Sache – sondern um Frau von Exners «Dummheit» willen):*
Ach, Fräulein von Exner: Mußten Sie mir denn *das* erzählen,
um Gottes willen, kennen Sie nicht den schlauen Rat:
Gehe nicht zu deinem Fürst, wenn du nicht gerufen wirst!
Da kann ich doch beim besten Willen nichts machen ...
Niemand hat Sie, als Sie in meinen Dienst traten, *gefragt*
nach Ihren Urgroßeltern ... und nun erzählen Sie freiwillig,
wozu, daß ...

EXNER *(erregt, schlagartig wird ihr bewußt, zum ersten Mal, denn sie mag ja den Führer, der ein so liebenswürdiger Herr ist, daß sie für einen Irren kocht; und daß auch sie – denn nicht nur Gegner tauschen Eigenschaften aus, sondern besonders auch friedlich Zusammenlebende – partiell irre ist, wenn sie Hitler zutraut, er sei nicht irrsinnig gerade in seinem Dreh- und Angelpunkt: Rassismus):*
Aber mein Führer, ich bitte ja nicht für mich
– doch mein Bruder darf nicht Offizier werden als Achteljude –,
obgleich doch der jüngere sogar gefallen ist, wie meine
Familie in stolzer Trauer in der Todesanzeige schrieb:
Gefallen für Sie – für Führer, Volk und Vaterland!

HITLER *(traurig, bedauernd, er wollte diese Köchin nie verlieren; hängt ja konservativ sehr an bewährten Mitarbeitern):*
Frau von Exner, *mußten* Sie mir das sagen?
Warum – Sie wissen, ich bin gesetzestreu. Wie könnte ich
Ihren Bruder von der jüdischen Urgroßmutter befreien!
Und da er Arzt ist – warum wollten Sie nun unbedingt,
daß er auch noch Offizier wird? Geht doch nun einmal nicht,
Offizier werden, als Achteljude!
Und was Sie *mir* antun, haben Sie denn das gar nicht
in Rechnung gestellt, Fräulein von Exner, daß *ich* doch nun

auf Sie verzichten muß, ich kann ja nicht solche Gesetze
machen – doch dann eine Diätköchin beschäftigen –
eine Achteljüdin als Diätköchin …
Schrecklich, daß Sie mir das gesagt haben – ein Unglück,
weiß Gott, kommt selten allein: Gestern erst muß ich hören,
auch der Walzerkönig Strauß … nun, vergessen Sie's,
lassen wir das.

EXNER: Aber mein Führer, jeder hier im Hauptquartier sagte,
als voriges Jahr SS-Obergruppenführer Heydrich in Prag
seinen Meuchelmördern zum Opfer fiel,
Heydrich sei Halbjude gewesen – und dennoch haben Sie,
mein Führer, ihn mit der Endlösung beauftragt!

HITLER *(weint fast vor Überdruß und Kummer über ihre Dummheit. Und begründet damit auch, warum er seinen Befehl zur Judentötung nicht direkt gab, sondern durch Göring an Heydrich gelangen ließ: Er wollte den von Hause* nicht *antisemitischen Göring, dessen Mutter mit Wissen seines Vaters fünfzehn Jahre als Geliebte eines Juden gelebt hatte, in sein Hauptverbrechen verwickeln):*
Aber deshalb, aber *deshalb* doch, liebes Fräulein von Exner,
weil Heydrich einen jüdischen Vater hat,
mußte ich ihn beauftragen, meine Verheißung
bei Kriegsbeginn wahr zu machen, nicht die Ausrottung
des deutschen – sondern des jüdischen Volkes in Europa
markiere einst das Ende des Zweiten Weltkrieges.
Weil Heydrich Halbjude ist – mußte ich den Befehl *ihm*
geben, er würde das nämlich – ist doch logisch, oder,
Fräulein von Exner? ganz besonders gut und gründlich
machen, um sich zu bewähren, zu rehabilitieren … das war
ein politisches Kalkül, gnädiges Fräulein. Wie aber sollte
ich rechtfertigen, daß ich's mir persönlich wohl sein lasse,
mitten im Kriege, durch meine Diätköchin, wenn ich weiß
– hätte ich das doch nie erfahren! –, daß die Achteljüdin ist …

EXNER *(weint):*
Ach, mein Führer – wenn ich doch gar nichts hier
für *mich* erbeten hatte, nur für meinen Bruder …
HITLER *(bekümmert, matt von Enttäuschung, sie entlassen zu müssen):*
Was soll ich tun – ich lasse durch Bormann Ihrem
ehemaligen Chef Professor Eppinger in Wien die Empfehlung
aussprechen, wenn Sie das wollen, Fräulein von Exner,
daß er Sie wieder zu Marschall Antónescu
nach Bukarest schickt …
EXNER: Nein, sehr freundlich, aber bitte nicht, mein Führer:
Wer einmal das Glück hatte, in *Ihren* Diensten zu stehen,
Sie tagtäglich in Ihrer Größe erleben zu dürfen
– der will nun nicht wieder Köchin des Rumänen werden,
(Das Telefon, der an der Wand hängende Hausapparat läutet, hilft Hitler die Bittstellende jetzt rasch loszuwerden)
so menschlich auch stets der Marschall zu mir …
Vielleicht, daß Sie doch, mein Führer – ich danke, ich …
HITLER *(deutet auf das Telefon, hat ihre Hand ergriffen, küßt sie rasch, weil ihre Entlassung auch ihm zu schaffen macht, weist auf die Türe. Sie geht ab. Während sie zumacht, sagt Hitler wie stets, Linge hat das überliefert, in den Hörer):*
Der Führer hier.
Was gibt's – kann man mich nicht wenigstens
mit meinem Arzt einmal ungestört lassen?
(Er hört zu, für etwa drei kurze Sätze, jetzt laut, wütend aufgebracht):
Wie oft habe ich gesagt, wir wracken unsere ‹Tirpitz›
selber ab, statt den Briten auch *den* Triumph zu gönnen,
unser letztes und stärkstes Schlachtschiff zu versenken.
Wie war das möglich, wenn wir die ‹Tirpitz› doch
in diesen Eisenkasten verpackt hatten?
Damit kein U-Boot-Torpedo ihr gefährlich werden konnte?

(Zuhören und Schweigen, immer nur eine halbe Minute):
... Was, mit ‹Wohnblockknackern›, die daneben fielen?
... Unmöglich ... und keiner hat auf diese Gefahr
mich jemals hingewiesen ... Gekentert?
Verlange Meldung von Dönitz persönlich, wieso
da fast noch tausend Mann an Bord waren,
wenn die ‹Tirpitz› ohnehin nicht mehr auslaufen konnte!
Auf einem schon kampfunfähigen Schiff
noch fast tausend Mann –
... zur Rechenschaft ziehen, sofort Meldung!
(In höchster Erregung hängt er auf, sieht erst jetzt, sich umwendend, daß Morell noch einmal eingetreten ist; im Schnauzton, ihm aber wohlgesinnt):
Da sagen Sie, Morell – ich soll zum Urlaub auf den Berghof!
Die Idioten, die in Norwegen unsere ‹Tirpitz›
so dicht am Ufer verankert hatten, daß kein Torpedo ihr
in dem seichten Wasser hätte gefährlich werden können,
– haben nicht bedacht, daß sie dann
durch die eigenen Ankerketten aufs Gesicht
gezerrt würde und kentert, wenn die Briten
ihre schwersten Fliegerbomben auch nur *daneben*,
neben das Schiff schmeißen ... So geschehen.

MORELL *(erschrocken):*
Gekentert – mir erzählte man, wenn die Engländer
angreifen, nebelt das Riesenschiff sich ein!

HITLER *(resigniert, leise):*
Die Briten sind übers neutrale Schweden angeflogen,
so hat niemand Voralarm gegeben ...
die haben eine Bombe, die Engländer, der sie
– obszön – den deutschen Namen: ‹Wohnblockknacker›
geben, größer als eine Litfaßsäule,
paßt nur *eine* in einen schweren Bomber,
davon haben die einige *neben* das Schiff geworfen,

weil das Wasser dort so seicht ist, kenterte das Schiff:
Was die Katastrophe verhindern sollte – führte sie herbei!
Was gibt's noch Doktorchen?

MORELL: Mein Führer, ich sah Fräulein von Exner weinen
– und frage: Mein Führer, ich habe hier nur
eine Pflicht, nur *eine* Ehre: Um Ihre Gesundheit
besorgt zu sein – nichts anderes geht mich an;
und kommt mir auch nicht zu, um anderes
mich hier zu kümmern – nur um Ihre Gesundheit.
Frage also nicht, käme auch, wie gesagt,
mir gar nicht zu: Warum Sie Ihre Diätköchin
– die beste, die es für Sie geben kann –
entlassen haben? Bitte aber bei allem Gehorsam,
diese Entscheidung überdenken zu wollen!

HITLER *(freundlich sich selbst – nur sich – bedauernd):*
Hat sie Ihnen gesagt, *warum* ich sie entließ?

MORELL: Nein, nur dies eine Wort: Entlassen; sie konnte
als sie da weinend an mir vorüberging,
gar nicht sprechen ... Warum?

HITLER: Ja, Morell – niemand bedauert mehr als ich
Fräulein von Exners Schwatzsucht – niemand hier
hatte ihren Stammbaum überprüft, nun kommt sie
und erzählt mir selber, sie sei Achteljüdin!

MORELL *(ungläubig):*
Aber mir hat sie doch vor einem Jahr ... oder ...
weiß nicht, gesagt, einer ihrer Brüder sei gefallen!

HITLER *(ohne das geringste Gespür, daß so idiotisch wie unanständig ist, was er sagt):*
Aber gefallen – ja, fallen dürfen sie ja auch,
die Achteljuden in der Armee,
nur Offizier werden dürfen sie nicht.
Ich sollte ihr die Urgroßmutter streichen, damit
ihr Bruder, Arzt im Heer – Offizier werden dürfe.

MORELL *(faßt diese Idiotie nicht, beherrscht sich aber, sagt bedauernd):*
Mein Führer, Sie waren so gütig, mir
anzuvertrauen, man habe Ihnen mitgeteilt,
daß der Walzerkönig Jude war; Sie wissen,
auch Richard Wagner war ein halber und …
(Da Morell sich hier als ausgefuchster Kenner Wagners ausweist, so ist unwahrscheinlich, daß er nicht auch das Porträt Albert Wagners kannte, des älteren Bruders, dem Richard so ähnlich sieht, daß sie vielleicht doch nicht nur die gleiche Mutter *gehabt haben; aber Morell gönnt Hitler die Verunsicherung.)*
HITLER *(schockiert, er hat das nie gehört):*
Was sagen Sie da, Morell – *Wagner* auch?
Nie gehört, was …
MORELL *(läßt natürlich nicht merken, mit welchem Genuß er das den Fanatiker wissen läßt):*
Ich bitte Sie, mein Führer, Sie als passionierter, intimer
Nietzschekenner, Nietzschefreund – Sie *müssen* doch
wissen, daß Nietzsche schreibt, war Wagner überhaupt
ein Deutscher, da er den jüdischen Schauspieler
Geyer zum Vater hatte, den zweiten Mann seiner Mutter,
der Richard auch seinen Familiennamen Geyer gab,
was ganz ungewöhnlich ist, als er die Witwe Wagner heiratete.
Nietzsche spricht ja nur aus, was Wagner *ironisch*
auf der ersten Seite seiner Autobiographie andeutet!
HITLER *(fast hat er eine Sprachlähmung vor Entsetzen):*
Wagner selber deutet das an? Nie gelesen!
Widerlich, Morell!
MORELL: Sie sahen mich vor dem Krieg, mein Führer,
jedes Jahr in Bayreuth und zweifeln meine Liebe
zu ihm so wenig an wie Ihre eigene.
Richard – vorbildlich – wollte seinen Lebensbericht
nicht mit einer Lüge eröffnen, so schreibt er,

seine Mutter, die oft über Flatterhaftigkeit ihres Gatten klagte,
sei – wörtlich – von Geyer «beschwichtigt» worden,
indem der – wieder wörtlich – «meist im Schoß der Familie»
«die Stelle» des Gatten «vertrat»: Ehrlicher kann
keiner sagen, mit wem seine Mutter schlief.
(Was Nietzsche als Nachschrift zu: ‹Der Fall Wagner› schrieb, entspricht wörtlich der Definition der Nazis, was «undeutsch» sei. Dann, in seiner Fußnote dazu, hier ungekürzt, schreibt Nietzsche über Wagners Vater: «War Wagner überhaupt ein Deutscher? Man hat einige Gründe, so zu fragen. Es ist schwer, in ihm irgendeinen deutschen Zug ausfindig zu machen. Er hat, als der große Lerner, der er war, viel deutsches nachmachen gelernt – das ist alles. Sein Wesen selbst widerspricht *dem, was bisher als deutsch empfunden wurde: nicht zu reden vom deutschen Musiker! – Sein Vater war ein Schauspieler Namens Geyer. Ein Geyer ist beinahe schon ein Adler … Das, was bisher als ‹Leben Wagners› in Umlauf gebracht ist, ist* fable convenue, *wenn nicht Schlimmeres. Ich bekenne mein Mißtrauen gegen jeden Punkt, der bloß durch Wagner selbst bezeugt ist. Er hatte nicht Stolz genug zu irgendeiner Wahrheit über sich. Niemand war weniger stolz; er blieb, ganz wie Victor Hugo, auch im Biographischen sich treu, – er blieb Schauspieler.»)*
HITLER: Keine Ahnung davon gehabt, Morell, keine Ahnung …
das durften Sie mir aber heute
nicht auch noch antun … *das* nicht auch noch *heute*!
MORELL: Aber die Exner, mein Führer, ist doch nur Achteljüdin
– und ihre Ehrlichkeit, das selber zuzugeben …
bitte, um Ihres Magens, Ihres Darms willen:
Drücken Sie, mein Führer, ein Auge zu …
wenn Sie doch dem Strauß sogar den Volljuden verzeihen!
HITLER: Geht nicht, Morell, begreifen Sie – den Strauß
kann ich nicht verbieten, lasse ihn ja auch nicht

für mich *selber* unangetastet! Die Exner aber, *die*
ließe ich doch nur für mein eigenes leibliches Wohl
– das geht nicht, wenn ich diese Gesetze mache –
in meiner Küche ... doch das mit Wagner,
Sie hätten als Arzt wissen müssen, daß Sie mir heute
nicht auch *das* noch antun dürfen,
will's nicht wissen, *niemals* ...
(Wieder sein Gruß – Hand über die Schulter, schon im Abgehen. Morell reißt ihm beflissen die Türe auf – da schnellt *Hitler zurück, der Klotür zu, ruft):*
Diese Wagnergeschichte auch noch
– jetzt die Blähungen!
(Und verschwindet. Man hört noch, wie er abschließt. Morell will als Arzt «das Ergebnis» abwarten, macht also die Zimmertür zu, geht rampenwärts, schüttelt den Kopf, scheint zu denken, sich einbeziehend: Was ist die Absurdität eines *Irren – gemessen daran, daß der ein Achtzig-Millionen-Volk zum Vollstrecker seines Irrsinns zu machen fähig ist, zwölf Jahre lang? Unter anderem* deshalb, *weil dieses Volk – nicht nur dieses – Hitlers Irrsinn für normal hielt, ja für bewundernswert.)*

MORELL *(indem er abermals aus ‹Macbeth› zitiert – die Ausflucht der hochgestellten Mitläufer* aller *politischen Systeme):*
Ich denke und darf nichts sagen.

Vorhang

Hitler und seine Ärzte

Wer Hitler auf die Bühne stellt, verstößt gegen Heines Gesetz: «Nicht gedacht soll seiner werden, nicht im Liede, nicht im Buche»; verstößt auch gegen Uhlands ‹Des Sängers Fluch›: «Dein Name sei vergessen, in ew'ge Nacht getaucht», tut das aber nur, weil wir alle ohnmächtig sind gegen die erschlagende Präsenz des Auschwitzers in seiner Nachwelt! Tatsächlich bliebe «sein» Jahrhundert – und wie wenigen seiner Zeitgenossen wäre das zu attestieren! – unverständlich ohne diesen Steuermann in die entscheidende Katastrophe seiner Epoche, den Zweiten Weltkrieg. Hitler, der das Monopol für Auschwitz hat, ist der einzige seiner Generation, der mit Recht das Napoleon-Wort hätte nachsprechen dürfen: «Solange man von Gott redet, wird man auch von mir reden.» Von Hiroshima wird man zwar ebenso lange reden, aber diese Untat wurde nicht von *einem* veranstaltet, den jedermann kennt, sondern von einem vergleichsweise gesichtslosen Team …

Jedenfalls darf sich die Bühne, will sie ihre legitime Arbeit weiterbetreiben: Aufklärung, nicht länger davor scheuen, auch *den* darzustellen, der 1941 sogar während seiner ersten Niederlage ‹Wilhelm Tell› verboten hat. Als seine Panzer vor Moskau eingefroren waren, dachte er noch daran, dem Verbot für die Bühnen das für Schulbücher folgen zu lassen: Kein Zitat aus unserem einzigen «Drama der Widerstandsbewegung» (Theodor Heuss) dürfe künftig in Lesebüchern gedruckt werden. Diese höchste Ehrenbezeugung, deren Hitler vor dem Drama fähig war, entspricht der Napoleons, der gekränkt festhielt, die Französische Revolution sei der ‹Hochzeit des Figaro› entsprungen!

Als der während des Hitler-Krieges namhafteste deutsche Psychiater Oswald Bumke einmal von seinem Sohn ironisch mit dem obligaten «deutschen Gruß»: Heil Hitler angesprochen wurde, sagte resigniert der Vater: «Das denkst du dir so einfach, mein Junge.» Und folgerte, nie hätte Hitler einen Psychiater an sich herangelassen.

Einen Arzt dagegen fast täglich-nächtlich: Theo Morell, seit 1936 «Begleitarzt», wie das amtlich statt Leibarzt hieß, neben ihm Hanskarl von Hasselbach, ebenfalls ab 1936. Von Hasselbach wurde jedoch mit den Ärzten Brandt und Giesing am 9. Oktober 1944 entlassen, da sie eine Intrige gegen Morell angezettelt hatten, dem nun Himmlers bisheriger Leibarzt Stumpfegger als zweiter Begleitarzt zur Seite trat.

So ist das von David Irving im Nationalarchiv Washington aufgefundene Tagebuch Morells unersetzlich. Es setzt am 7. August 1941 ein; Hitler war am Vortag, wie Hewel, sein Verbindungsmann zum Außenministerium notierte, erstmals im Krieg bettlägerig geworden, nach einem dreistündigen Flug über von ihm besetztes russisches Gebiet – man hat den Eindruck: Schon an diesem Tag ging Hitler auf und er wurde krank über dieser Einsicht, daß er sich mit seinem Überfall auf Rußland übernommen hatte. Wir nutzen das Tagebuch wie auch Kammerdiener Linges Terminkalender, den ebenfalls erst um 1980 Irving im Nationalarchiv Washington zutage förderte und zur Verifizierung der Notizen Morells heranzog.

Zwei oder drei Notizen Morells mußten bereits in den Dialog eingefügt werden – und werden hier des Zusammenhangs wegen wiederholt –, da man sonst das *Groteske*, die *Komik* der apokalyptischen Person des Patienten für «dichterische«Verzerrungen halten müßte, wie auch die tragische Ziegenbock-Posse, die der Weltgeist – wer immer das sein könnte – an den Uranfang des Ganzen gesetzt hat … Und die man der sie flankierenden Belege wegen nicht länger wegleugnen kann. Hitler hat sich stets geweigert, sich zwischen Nabel und Knien Kammerdienern, Ärzten oder auch nur einem Röntgenapparat zu zeigen, obwohl er sonst nichts gegen das Röntgen hatte. («Röntgenkontrolle der linken Kiefernhöhle», schreibt Morell am 21. 10. in sein Tagebuch.) Rechtsanwalt Güstrow schrieb seinen Morell bestätigenden Bericht, *bevor* er Morell gelesen hatte, und natürlich hat Morell von Güstrow nie gehört.

Dietrich Güstrows Buch «Tödlicher Alltag», erschienen im Siedler Verlag und im Deutschen Taschenbuch Verlag nachgedruckt, ist längst vergriffen, deshalb hier ein längerer Auszug aus dem Kapitel ‹Ein Jugendstreich in Leonding›. Güstrow, der auch die Chronik «In jenen Jahren. Aufzeichnungen eines ‹befreiten Deutschen›» publizierte, seine Nachkriegsjahre in der russischen Besatzungszone und späteren DDR, hat noch mit Hochhuth korrespondiert und stand auch später zu den Worten, mit denen er sein Leonding-Kapitel schloß: «An dem Wahrheitsgehalt von Wasners Bericht, der ein naiver, aber tief gottesfürchtiger Mensch war, habe ich nie einen Zweifel gehabt»:

«Im Herbst 1943 – Stalingrad lag schon ein halbes Jahr zurück – erhielt ich von einem Geschäftsmann aus Heilbronn, der eine Teigwarengroßhandlung betrieb und deshalb trotz seiner Jugend vom Wehrdienst befreit war, einen Brief mit der dringenden Bitte, mich seines Onkels namens Eugen Wasner anzunehmen, der als Gefreiter im Wehrmachtsuntersuchungsgefängnis in Berlin-Spandau einsitze. Sein Verwandter habe ihn brieflich gebeten, ihm einen Berliner Strafverteidiger zu verschaffen, der ihn in einem Verfahren vor dem Zentralgericht des Heeres vertreten könne.

... Wasner war ein Mitschüler Adolf Hitlers in dessen frühester Jugend im österreichischen Leonding bei Linz gewesen. In der Infanterie-Kompagnie, in der Wasner an der Ostfront stand, hatte er sich ganz offenbar damit wichtig gemacht, vor allem aber – zum Ärger seines Vorgesetzten, eines Reserveoberleutnants – durch ständige Redereien über die Kriegslage.

... Nach einer verlustreichen Rückzugsbewegung im Mittelabschnitt der Ostfront geriet Wasners Lage-Kritik aber in höchst gefährliches Fahrwasser. Als nämlich einer seiner Kameraden ihn im Spaß oder in ehrlicher Naivität aufgefordert hatte, er solle doch seine Meinung über die Kriegslage seinem ehemaligen Mitschüler als dem obersten Kriegs- und Feldherrn schreiben, der vermutlich gar nicht wisse, wie es unten beim einfachen Landser aussehe, hatte sich Wasner – nach dem schriftlichen Bericht des Kompagnieführers an den Regimentskommandeur, mit dem die Strafakte Blatt 1 begann – wie folgt geäußert:

‹Ach, der Adolf! Der ist ja deppert schon von kleinauf, wo ihm doch ein Ziegenbock den halben Zippedäus abgebissen hat!› Und, vom Staunen seiner Kameraden angespornt, war er fortgefahren: ‹Jawohl, ich bin doch selbst dabeigewesen. Eine Wette hat er gemacht, der Adi, daß er einem Ziegenbock ins Maul pinkeln würde. Als wir ihn ausgelacht haben, hat er gesagt: ‚Kommt's mit, wir gehen auf die Wies', da ist ein Ziegenbock.' Auf der Wies' hab ich den Ziegenbock festgehalten zwischen meinen Beinen, ein andrer Freund hat dem Ziegenbock mit 'nem Stock das Maul aufgesperrt, und der Adolf hat dem Bock ins Maul gepinkelt. Grad als er dabei war, hat der Freund den Stock weggezogen, der Bock hat hochgeschnappt und dem Adolf in den Zippedäus gebissen. Geschrien hat der Adi da aber fürchterlich und ist heulend davongelaufen!›

So Eugen Wasner im Kameradenkreise.

... Schon zwei Tage später war Wasner verhaftet und in das Wehrmachtsuntersuchungsgefängnis in Berlin-Spandau überführt worden.

Als ich Wasner das erste Mal gesprochen und anschließend die Gerichtsakten eingesehen hatte, war ich ziemlich entmutigt. Ich redete ihm mit Engelszungen zu, seine Aussage vor dem Kompagnieführer zu widerrufen und zu erklären, daß die Geschichte mit dem Führer ja nur seiner Phantasie entsprungen sei …

… Aber mit Wasner war nicht zu reden – auch nicht, als ich ihm sagte, daß ihn dies voraussichtlich den Kopf kosten würde. Er blieb hartnäckig. Er erklärte, ein gläubiger und wahrheitsliebender Katholik zu sein, und was er gesagt habe, sei wahr, und wenn er deshalb sterben müsse, so würde er eben unschuldig verurteilt wie Jesus Christus, der ja auch habe sterben müssen. Aber man könne den Führer ja befragen über jenes Jugenderlebnis, Hitler werde die Geschichte, wenn er wahrheitsliebend sei, schon nicht abstreiten. Denn der Bruno Kneisel habe dem Ziegenbock ja die Maulsperre verabfolgt und dann vorzeitig den Stock aus dem Maul gezogen, der könne das auch bezeugen. Über den Aufenthalt dieses Zeugen konnte Wasner allerdings keine Angaben machen.

Meine Unterredung mit dem Oberkriegsgerichtsrat, der für die Buchstaben S–Z die Anklagen zu bearbeiten hatte, verlief wenig hoffnungsvoll. Ich vertrat den Standpunkt, daß mein Mandant offenkundig geistesgestört sei, und beantragte deshalb vor Anklageerhebung die Einholung eines psychiatrischen Gutachtens über den Geisteszustand des Angeklagten. Dies hätte ihm möglicherweise die Wohltat des § 51 StGB, das heißt die Feststellung völliger Strafunmündigkeit bei Vorliegen einer Geisteskrankheit oder aber doch zumindest eine Strafmilderung für den Fall der Feststellung einer vorübergehenden Störung seiner Geistestätigkeit gesichert. Als ich auch nur andeutungsweise erwähnte, daß der Beschuldigte groteskerweise einen Zeugen für jenen Jugendstreich benannt habe, dessen Auffindung und Vernehmung möglicherweise die Erzählung Wasners als reine Hirngespinste entlarven könne, geriet der Anklagebearbeiter in hellste Aufregung. ‹Um Gottes willen›, sagte er plötzlich fast bittend, ‹wollen Sie mich und sich selber auch noch ins Unglück stürzen? Vielleicht verlangen Sie auch noch, daß ich den Führer selbst als Zeugen lade? Das ist doch eine ganz unglaubliche und gänzlich absurde Geschichte! Verschonen Sie das Gericht mit nutzlosen Beweisanträgen!› Mein überaus vorsichtig vorgebrachter Hinweis auf die Pflicht eines Verteidigers, alles zur Entlastung des Beschuldigten im gesetzlichen Rahmen Erforderliche zu tun, quittierte er mit der Erklärung: ‹Gut, ich werde diesen Kerl also auch noch psychiatrisch untersuchen lassen. Damit basta, Zeugen werden nicht geladen. Der Mann ist ja geständig, geradezu hartnäckig geständig, den Führer perverser Handlungen bezichtigt zu haben!›

Mit diesem Bescheid verließ ich den Oberkriegsgerichtsrat. Jetzt blieb nur noch die Hoffnung auf ein einigermaßen günstiges Gutachten. Dafür gab es um so mehr eine Chance, als das Gutachten auf meinen Vorschlag hin von dem Psychiater der Berliner Universität, Professor Dr. Müller-Heß, eingeholt werden sollte, der mit seinen Gutachten schon in manchen politischen Strafprozessen Todeskandidaten vor dem Schafott bewahrt hatte. Aber Müller-Heß war gerade im Urlaub, und das Gutachten wurde von einem seiner Oberärzte erstattet.

In der Zwischenzeit hatte ich auf eigene Faust versucht, den Aufenthalt des potentiellen Zeugen Kneisel zu ermitteln. Meine Anfragen an das Einwohnermeldeamt und das Standesamt in Leonding wurden jedoch dahingehend beantwortet, daß der p. p. K. am soundsovielten daselbst geboren, nach Mitteilung des Standesamtes in Wien am soundsovielten des Jahres 1939 verstorben sei; die Todesursache sei Lungenentzündung gewesen. Kneisel war also nicht mehr zu vernehmen, und mich beschlich der hartnäckige Verdacht, daß sein früher Tod mit dem Ziegenbock-Erlebnis seines Jugendfreundes Adolf Hitler etwas zu tun gehabt haben könnte. Der Arm des Führers war lang und unerbittlich, wenn es um sein Vorleben ging; dafür gab es genügend Beispiele.

Das psychiatrische Gutachten fiel für die Zwecke der Verteidigung unergiebig aus. Wasner war dem Psychiater zweimal für einige Stunden zur Untersuchung vorgeführt worden. Ihm wurden zwar weitschweifige Redeweise, angeberhaftes Sichaufspielen, das für Überbewertung des Persönlichkeitsbewußtseins sprach, auch mangelhaftes logisches Denkvermögen und weiterhin eine etwas starrsinnige Religiosität, jedoch keine Umstände attestiert, die auf eine dauernde oder auch nur vorübergehende Störung seines geistigen Vermögens schließen ließen …

… Die Verhandlung vor dem Zentralgericht des Heeres – die Öffentlichkeit war hier fast immer wegen Gefährdung der Staatssicherheit ausgeschlossen – verlief kurz und militärisch. Der Angeklagte, nach drei Monaten entbehrungsreicher Haft seelisch zermürbt, wurde zur Person und Sache vernommen. Er blieb bei seinen Aussagen und fügte nur hinzu, daß er den Führer nicht habe beleidigen wollen.

… An den kalten Augen des Vorsitzenden und seiner beiden Beisitzer, von denen nur der Unteroffizier hin und wieder halb neugierig, halb mitleidig auf den zusammengesunkenen Angeklagten geschaut hatte, war schon während des Plädoyers abzulesen, daß das Urteil bereits gefällt war, ehe es verkündet wurde.

‹Angeklagter, Sie haben das letzte Wort, wollen Sie noch etwas vorbringen?› Wasner schreckte auf, holte Luft. Dann erinnerte er sich wohl, daß ich ihm gesagt hatte, sich auf die vom Gesetz vorgeschriebene Frage nur meinen Worten anzuschließen; er sackte zusammen und murmelte nur: ‹Bei Jesus und Maria, er hat's aber doch getan, der Adi›, und dann lauter werdend: ‹Ich kann's beschwören, bei meinem Leben.› Das Gericht hatte sich schon erhoben, jetzt sagte der Vorsitzende aufgebracht: ‹Nun ist es aber genug, das ist ja unerhört.›

Damit war die Verhandlung geschlossen.

... Gegen Urteile des Zentralgerichts des Heeres gab es wie bei allen Sondergerichten und beim Volksgerichtshof keinerlei Rechtsmittel.»

Rechtsanwalt Güstrow, der dann noch detailgenau erzählt, wie er – natürlich vergebens – wenigstens auf dem Gnaden-Wege versucht habe, die Todesstrafe umwandeln zu lassen in eine Abkommandierung des Verurteilten in eine sogenannte Bewährungs-Einheit, schließt sein erschütterndes «Jugendstreich»-Kapitel:

«In vielen Hitler-Biographien ist von Historikern, Ärzten und Publizisten auch nach der seelischen Konstruktion dieser unheimlichen Erscheinung gefragt worden, wobei mitunter auch auf seine Beziehungen zu Frauen eingegangen wurde, die recht spärlich gewesen zu sein scheinen. Man hat versucht, sein merkwürdiges Verhältnis zu Eva Braun zu verstehen, eine erotische, aber offensichtlich asexuelle Beziehung, seine Einsamkeitsanwandlungen, seine Wutanfälle, seine unbarmherzige Rachsucht und seinen geradezu pathologischen Trieb zur Vernichtung eingebildeter Feinde. Noch mehr als fünfunddreißig Jahre nach seinem Selbstmord im Bunker der Reichskanzlei steht die Welt vor dem psychologischen und psychiatrischen Rätsel dieses unheimlichen Bewegers der Weltgeschichte. Wenn ich heute an Wasner denke, so will mir scheinen, daß solche Verirrungen eines Jugendlichen, wie sie Wasner vom achtjährigen Hitler berichtet hat, einen kleinen Mosaikstein zur Aufschlüsselung eines Mannes geben, der vielleicht Genie, sicher Monster gewesen ist. An dem Wahrheitsgehalt von Wasners Bericht, der ein naiver, aber tief gottesfürchtiger Mensch war, habe ich nie einen Zweifel gehabt.»

David Irving hat von Wasner noch nicht gewußt. Deshalb konnte er in seinem Kommentar des Morell-Tagebuchs, anläßlich Morells Eintrag am 28. Oktober 1944, fragen:

«Der Grund für Hitlers Interesse an der Hypospadie ist unklar. Es handelt sich um eine Entwicklungsanomalie beim männlichen Geschlecht, bei der die Harnröhrenmündung an der Penisunterfläche oder im Perineum-Damm liegt.»

So Irvings Kommentar zu Morells Notiz vom 28. Oktober 1944: «22.30 Uhr abends: Tibatin i.v. plus Traubenzuckerlösung i.v. Stimme fast gut. Unterhaltung über hiesiges Wasser (hart und voller nichtpathogener, aber stoffwechselstörender Bakterien.). Urin sei sicher wieder bakterienhaltig. Unterhaltung über Hypospadie».

Auch Joachim Fest kann Güstrow und Wasner noch nicht gekannt haben, als er acht Jahre vor Erscheinen von ‹Tödlicher Alltag› seinen ‹Hitler› veröffentlichte. Doch hat er schon *vorweggenommen*, was so erschreckend wie faszinierend das «Resultat» der Ziegenbock-Tragödie ist.

Fest hat als erster ausgesprochen, daß sich «die ohnehin schwer greifbare Person dieses Mannes dem biographischen Zugriff ... widersetzt». Er ist der einzige Biograph, der seinen «Helden» charakterisiert mit der Kapitelüberschrift: «Blick auf eine Unperson», speziell wegen Hitlers «eigenartig verengten Charakters seiner Beziehung zu Frauen ... unter den Kameraden im Feld galt er als ‹Weiberfeind› ... die für ihn charakteristische Angst ... die ständige Sorge, mit einer Frau ins Gerede zu kommen.» Fest belegt keineswegs allein mit «Putzi» Hanfstaengls Aussage, Hitler habe ehrlich die «Masse» (der von ihm als Redner immer wieder zu *Orgasmen* der Begeisterung aufgeputschten Menschen) «meine einzige Braut» genannt. Er begründet, warum «die rhetorischen Triumphe Hitlers als Ersatzhandlungen einer ins Leere laufenden Sexualität» offensichtlich waren: «Reden, in deren Verlauf das

Publikum wie zu kollektiver Ausschweifung zusammenschmolz: begierig auf den Augenblick der Enthemmung, der großen Lustauslösung, der sich im überschnappenden Aufschrei anzeigte ... pflegte Hitler die Masse schon begrifflich ‹dem Weibe› gleichzusetzen ...» Schon in ‹Mein Kampf› sei ablesbar «die durchaus erotische Inbrunst, die Idee und Vorstellung der Masse in ihm wecken». Und «was dieser Kontaktgestörte, Einsame in den immer süchtiger begehrten Kollektivvereinigungen, hoch auf dem Podium ... suchte und fand: Die Tondokumente der Zeit geben den eigentümlichen obszönen Kopulationscharakter der Veranstaltungen deutlich wieder: die atemverhaltende Stille zu Beginn, die kurzen schrillen Aufschreie, die Steigerungen und ersten Befreiungslaute der Menge, schließlich der Taumel, neue Steigerungen und dann die ekstatischen Verzückungen angesichts der endlich enthemmt dahinströmenden Redeorgasmen. Der Dichter René Schickele hat gelegentlich von den Reden Hitlers gesprochen, ‹die wie Lustmorde sind›.» Ja: Veitstänze auslösend.

Den Menschen Hitler hat Fest genauer geröntgt als jeder andere Biograph – so genau wie nur Thomas Mann in seiner intimen Studie ‹Bruder Hitler›. Sie enthält jedoch – da bereits 1938 – die eklatante Fehl-Prognose, die Rolle «dieses großen Feiglings und Erpressungspazifisten» sei «am ersten Tage eines wirklichen Krieges ausgespielt» ... Fast sechs Jahre brauchte die Welt, Hitler zu besiegen! Seine Umsicht, daß auch tot sein Körper unkenntlich bleibe – daher die Bereitstellung von sehr viel Benzin, ihn zu verbrennen – nennt Fest «eine letzte Demonstration seines Selbstverheimlichungsbestrebens» ...

Hitler mutete *allen* seinen Ärzten zu, was 1951 Hanskarl von Hasselbach, wie Morell seit 1936 Hitlers «Begleitarzt», den Alliierten zu Protokoll gab – von Irving als Kommentar zu Morells Tagebuch gedruckt: «Hitler hatte eine ausgesprochene Scheu, seinen Körper zu zeigen. Auch ich habe ihn daher nie ganz entkleidet gesehen ... Ob er eine körperliche Mißbildung an seinen Geschlechtsteilen hatte, darüber könnte wahrscheinlich sein früherer Fahrer und Diener (Emil) Maurice etwas wissen ... der mir in der Gefangenschaft Andeutungen machte ...»

Und Morell, unabhängig von Hasselbach, sprach 1945, als er von Alliierten verhört wurde, ebenso wie Hasselbach allein von Hitlers *sekundären* Geschlechtsmerkmalen: *Die* seien *normal* gewesen! Von den primären sprach er nicht: Penis und Hoden hatte er nie sehen dürfen in neun Jahren bei Hitler; auch durfte er seinem Patienten kein Klistier machen oder ihm die Unterbauchorgane röntgen lassen. Morell nahm, bis er 1947 in französischer Gefangenschaft starb, seine Schweigepflicht ernst. So erfahren wir aus seinem Tagebuch nur von seinen immer wiederholten, doch bis zuletzt vergeblichen Versuchen, Hitler zu überreden, endlich den Magen-Darm-Trakt einmal röntgen zu lassen.

Am 3. Oktober 1944 bestand für Morell besonderer Anlaß, Hitler abermals darum zu bitten. Denn die Ärzte Brandt, von Hasselbach und der Ohrenarzt Giesing – der nur vorübergehend am 22. Juli nach dem Attentat geholt worden war, weil Professor von Eicken, Hitlers Ohrenarzt seit 1934, so schnell nicht hatte kommen können – hatten eine sehr gefährliche Intrige angesponnen, deren Ziel die Beseitigung Morells von der Seite Hitler war. Sie behaupteten, Morells Antigaspastillen, die Hitler in großen Mengen schluckte, vergifteten ihn systematisch mit Strychnin. Das war Unfug, aus Kollegen-Eifersucht. Morell war schlau genug gewesen, sich durch Gutachter abzusichern; Brandt, als SS-Arzt Vertrauter Himmlers, drohte Morell – ich zitiere dies aus der Dokumentation David Irvings, der diese Intrige als Kommentar in seiner Veröffentlichung von Morells Tagebuch schildert:

«‹Glauben Sie, daß Ihnen irgend jemand Glauben schenkte, wenn Sie behaupten, daß Sie die Anordnung nicht getroffen hätten? Denken Sie, daß Himmler Sie vielleicht anders behandeln würde als irgend jemand anderen? Es werden jetzt so viele gehängt, daß ganz kalt die Sache abgeurteilt würde. Wenn dem Führer irgendwas passiert wäre, können Sie sich denken, was dann weiter passiert wäre. Man hätte nicht etwa Hasselbach verantwortlich gemacht, aber Sie und wahrscheinlich auch mich. Es ist deshalb am besten, wenn ich auch stets weiß, was vor sich geht. Ich habe die Beweise in der Hand, daß es sich hier um eine glatte Strychninvergiftung handelt. Der Strychninspiegel muß ja im Urin zu sehen sein. Ich kann Ihnen offen sagen, daß ich die letzten fünf Tage nur hiergeblieben bin wegen der Erkrankung des Führers.›

Die Bemerkung Brandts bei dem Gespräch, daß doch ‹Magenausgang-Zwölffingerdarmk(anal) mit Rückstauung nach der Gallenblase und Ikterus aufgetreten seien›, ist die genaue Angabe, die ich Dr. von Ondarza [Leibarzt Görings] gegeben hatte, als er im Namen des Reichsmarschalls anrief und wegen der ich einige Tage später von Ondarza keine weiteren medizinischen Auskünfte mehr gab, da die Mitteilung Beine bekommen hätte und wieder zu mir zurückgelangt sei. (Beim Reichsmarschall Göring bei der Mitteilung noch Greim und Loerzer zugegen; der Reichsmarschall gab an, schon am Abend zuvor von Schaub [Chefadjutant Hitlers] die Krankheiten erfahren zu haben.) Vermutlich haben Brandt und von Ondarza über das Ganze gesprochen. Interessante Äußerungen machte Himmler. Ich sagte dem Führer, daß ich von den Ärzten den Vorwurf gemacht bekäme, ich habe ihn nie röntgen lassen noch eine Mageninhaltsuntersuchung gemacht. Der Führer brauste auf. ‹Dann sollen solche Herren einmal zu *mir* kommen! *Sie* haben wie oft diese Vorschläge gemacht, und *ich* habe mich geweigert. Was will denn diese blöde Gesellschaft?›

‹Trotzdem bitte ich Sie, mein Führer, daß ich beides demnächst vornehmen lassen darf›, entgegnete ich.

Er: ‹Das geht ja jetzt gar nicht!›»

So Morell im Tagebuch vom 3. Oktober 1944. Die Intrige gegen ihn endete mit dem Hinauswurf der Intriganten Brandt und von Hasselbach, die seit Jahren bei Hitler waren, und Giesings, der erst am 22. Juli Hitler kennengelernt hatte. Doch so weit war es noch nicht, am 5. Oktober verweigert Hitler abermals Morells Bitte, den Unterleib röntgen zu lassen; der schreibt ins Tagebuch:

«Bei dem Besuch nachts ersuchte ich den Führer noch, wenn ich diese Bitte an ihn richten dürfe, mir eine kurze Niederschrift zu geben, daß ich niemals eine Anordnung gegeben habe, Antigaspillen in größerer Menge täglich einzunehmen und weiterhin, daß ich schon stets eine Röntgenaufnahme des Magen-Darm-Traktes sowie eine Untersuchung des Mageninhalts vorgeschlagen habe, daß die Einwilligung hierzu aber nicht gegeben wurde. – Der Führer sagte zu und wollte dies in der Form eines Briefes an mich vornehmen. Bezüglich der Äußerungen Brandts fiel mir noch ein, daß er behauptete, den Nachweis des Vorhandenseins von Strychnin erbringen zu können. Da er dann von den bei jeder Mahlzeit angeblich genommenen acht Stück sprach, fiel mir die Bemerkung nicht auf. Später erwähnte er noch, daß man den Strychninspiegel ja im Urin nachweisen könne (wenn Strychnin in irgendeinem Medikament war, ist es selbstverständlich, daß man dann ein positives Resultat bekommt). Anscheinend hat Brandt den Urin, den ich am 3. 10. morgens aufs Krankenrevier zur Untersuchung sandte und der dann wegen der Indikanprobe nach dem Lazarett Karlshof ging, auf Strychnin untersuchen lassen.

Bei der Unterhaltung über Äußerungen Brandts frug der Führer, erbost auffahrend, ob Brandt etwa behauptet hätte, daß ich die Einnahme der Antigaspillen angeordnet hätte;

denn *er* hätte ihm schon gesagt, daß er sie von sich aus eingenommen habe. Ich entgegnete: ‹Nein, aber ich wäre dankbar, wenn ich die Ausfertigung zu *meiner* Sicherung habe.› Im übrigen sei Brandt ja *von mir erst zu ihm gegangen*, was der Führer als unwahr bezeichnete, da Brandt *erst* zu ihm gekommen sei und dann erst von ihm zu mir. Ich entgegnete, ob dies nicht doch ein Irrtum sei, denn Brandt hätte schon gesagt, daß er die Angelegenheit natürlich dem Führer mitteilen müsse und jetzt zu ihm gehe. Der Führer: ‹Nein, von mir aus ist er zu Ihnen gegangen.›»

Endlich, am 8. Oktober, kann Morell aufschreiben: «Führer mir mitgeteilt, daß Dr. Hasselbach zurückgeschickt wurde und Brandt nur noch seine Berliner Obliegenheiten wahrzunehmen hätte. Als chirurgischer Begleiter käme ein junger Arzt namens Stumpfegger, der bisher den Reichsführer SS begleitete.» (Morell schrieb versehentlich: «seither». Jedenfalls so in Irvings Buch.)

Und Irving, der auch die Briefe, die Bormann aus dem Hauptquartier an seine Frau schrieb, als erster auswertete, zitiert den vom 10. Oktober: «Gestern wurde Hasselbach als Begleitarzt des Führers entlassen, um durch den bisherigen Leibarzt Himmlers, Dr. Stumpfegger, ersetzt zu werden. Der neue Mann erscheint sehr angenehm. Brandt ist ebenfalls nicht mehr länger Begleitarzt. Es hat kürzlich zwischen Morell einerseits und Hasselbach und Brandt auf der anderen Seite Streit gegeben; aber jetzt ist dieser, dem Führer so unangenehme Zustand beendet.» Giesing, den Bormann gleichzeitig fortgeschickt hat, wird gar nicht erwähnt, da er als Ohrenarzt seit 22. 7. nur Ersatzmann für von Eicken gewesen war.

«9. 10. (Montag)

Führer gibt auf Anruf an (selbst am Telefon), daß es ihm vorzüglich gehe und ich zu Bett bleiben solle, damit ich schnell wieder heil werde.»

Denn Morell hatte sich über diese Intrige krank geärgert.

Am 30. 10. kommt Hitler, der morgens um sechs Morell hatte holen lassen, noch einmal auf die Intrige zu sprechen; zuvor macht Morell eine Spritze; er notiert:

«30. 10. (Montag)

Morgens *6 Uhr*: Ich solle sofort zum Patienten kommen und Eupaverin mitbringen. In zwanzig Minuten dort. Führer hatte durchgearbeitet und eine *sehr* schwere Entscheidung zu treffen, bei der er sich innerlich stark aufgeregt hatte. Die Aufregung hätte sich immer mehr potenziert, bis schließlich ganz plötzlich wie immer bei großen Aufregungen der Krampf eingetreten sei. Untersuchung wollte er keine, da diese den Schmerz nur erhöhe. Schnell machte ich eine kombinierte *Eupaverin-Eukodal*-Injektion zurecht und injizierte intravenös, was durch die vielen Einstiche der letzten Zeit recht schwer war; machte daher erneut darauf aufmerksam, daß wir die Venen eine Zeit lang schonen müßten. Da ich bei der Injektion einmal absetzen mußte, trat dann noch während dem Injizieren die Entspannung ein, und der Schmerz war weg. Der Führer war sehr glücklich darüber und preßte mir dankbar die Hand und sagte: ‹Was ist es doch für ein Glück, daß wir das Eupaverin haben.›

‹Mein Führer, diesmal ist aber kein Einnehmen von Antigaspillen vorangegangen, und Brandt hatte bei mir behauptet, die ganzen Schmerzen der letzten Jahre seien nur durch die Antigaspillen gekommen›, erwähnte ich.

Der Führer: ‹Diese Dummköpfe und Idioten, die hätten sich besser darum bekümmert, wie sie meine Beschwerden mit dem Kehlkopf wegbrächten – mitsamt diesem Spezialisten Giesing. Mein lieber Doktor, Sie glauben nicht, wie ich mich damals geärgert habe!›»

Als Hitler seine letzte, die Ardennen-Offensive zum 1. Dezember 1944 vorbereitete und am 8. November nachts 0.30 Morell hatte rufen lassen – «Ganz plötzlich hat der Führer Spasmus im Sternalwinkel mit starker Gasauftreibung des Leibes» – da ermahnte ihn der Arzt:

«‹Weiterhin, mein Führer, muß ich darum bitten, daß ich in Berlin durch Professor Chaoul eine Röntgenaufnahme und Durchkontrolle des Magen-Darmtraktes und der Gallenblase machen lassen darf. Dabei kann man auch noch gleich eine *Herz-Lungenaufnahme* machen, damit die Unterlagen komplett sind. Ich habe Sie schon jahrelang um die Röntgenaufnahme des Magen-Darmes gebeten, und es kann mir von meinen Kollegen zum Vorwurf gemacht werden, daß ich dies unterlassen habe. Ich werde Chaoul nicht anrufen, damit keine Weiterverbreitung möglich ist, sondern sofort nach Ankunft ein großes Röntgengerät beschaffen und im Bunker aufstellen lassen, damit ohne Aufsehen die Aufnahmen dort gemacht werden können; hierfür möchte ich Sie um die Erlaubnis bitten.› – ‹Ja, so wäre das am besten; nicht telefonieren, sondern erst in Berlin Rücksprache nehmen.›

Sehr herzlich und sich noch vielmals bedankend und bedauernd, daß er mir einen Teil des Schlafes weggenommen habe, nahm er Abschied.»

Hat je ein Arzt erlebt – außer Morell –, daß sein Patient ihm jahrelang und dann für immer die Bitte abschlug, den Unterleib röntgen zu lassen? Als Hitler Morell wieder einmal *hinhält*: «Ja, so wäre das am besten; nicht telefonieren …» hat er zweifellos schon gewußt, daß er sich Morells Forderung künftig jedesmal und *immer* entziehen wird. Als der am nächsten Tag dann mahnt, heißt es im Tagebuch: «Für eine Röntgenaufnahme von Magen-Darm-Gallenblase und Herz-Lunge bei einem eventuellen Berliner Aufenthalt gibt der Führer endlich halb und halb seine Einwilligung» – doch nur, weil Berlin als

Reiseziel noch nicht geplant war! Hitlers Kiefer, der Kopf überhaupt wurden in dieser Zeit oft geröntgt. Doch Morell drängt und wird am 16. November von Hitler derart schroff abgewiesen, daß er es später nie wieder versucht: «Als ich ihm Berlinreise und dortige Röntgenuntersuchung vorschlug, wurde der Führer *sehr heftig* (wie er in den vergangenen acht Jahren noch nie zu mir war).

Große Abfuhr. (Er sei kein dummer Schuljunge und wisse, was er zu tun habe, usw.)»

Diesen offenbar heikelsten aller Punkte seines Gebieters anzusprechen, wird Morell nie mehr riskieren. Der unerklärlich-grotesken Verweigerung, sich «dort» röntgen – entspricht Hitlers Weigerung, sich Klistiere machen zu lassen. Was sonst, wenn nicht Eugen Wasners Ziegenbock-Geschichte sollte die Ursache sein *können*?

Bis zum Krach mit Hitler hat Morell es klugerweise bei seinen anderen stets vergeblichen Bitten, seinem Führer gegen dessen Hauptplagen, die Blähungen, Klistiere verabfolgen zu dürfen, nicht kommen lassen. Er wußte längst, ohne Hose bekomme er seinen Patienten nie zu sehen, ebensowenig wie Kollege Hanskarl von Hasselbach, der auch – Chirurg, Morell Internist – seit 1936 Begleitarzt war. Wer will schon seine beneidete Stellung als Arzt des Führers des Großdeutschen Reiches wegen der Ablehnung einer solchen Bitte aufs Spiel setzen! Schwerlich konnte selbst der schlaue Morell sich auf der Höhe von Hitlers Machtentfaltung – als deutsche Armeen binnen sechs Wochen Frankreich überrannt und Paris besetzt hatten – je vorstellen, daß viereinhalb Jahre später der Tag kommen werde, da die Russen vor Berlin stehen und Hitler ihm deshalb den Rat geben müsse, «mich nie gekannt» zu haben, «diese Uniform auszuziehen und wieder Arzt am Kurfürstendamm» zu werden … Und doch wird Morell – nicht erst zuletzt –

ebenso wie der Arzt des Macbeth im letzten Akt oft geseufzt haben:

Wär ich nur weg von Dunsinan mit Heil und Glück,
So brächte mich kein Vorteil je zurück.

Morell hat Hitlers Ablehnung, die häufig notwendigen Klistiere wie jeder Normale sich vom Arzt machen zu lassen, statt es – und meist vergeblich – selbst zu probieren, als so abnorm empfunden, daß er es für aufschreibenswert hielt! Er notiert am 30. September 1944:

«... Hoher Öleinlauf sowie Kamilleneinlauf im Bett wurden strikte abgelehnt, hingegen Irrigator-Kamilleneinlauf im Klosettraum selbst durchgeführt, und zwar in der Art, daß Patient sich auf das Klosett dabei setzte. Ich mußte draußen bleiben (er schloß sogar ab). Die Flüssigkeit bliebe nicht drinnen, sondern er müsse sie sofort herausdrücken (leider!). Nach dem Einlauf Stuhl von weiter oben nach unten gekommen. Heizkissen auf feuchtem Magen-Leber-Aufschlag. 20 Tropfen Sympatol, Puls 90, Blutdruck 143 mm Hg; Temperatur 36,8/9 Grad. *Sechs Boxberger* Pillen genommen. Abwarten. Führer soll versuchen zu schlafen (ohne Mittel!).

Nachmittags 19.30 Uhr: Gerufen worden. Von 16 bis 18 Uhr vier Entleerungen, wovon zwei schwächer und zwei sehr stark waren. ... Verhältnismäßig stärkeres Wohlbefinden und Änderung des Gesichtsausdrucks. Er habe mich nur rufen lassen, um mir gleich die freudvolle Mitteilung der Wirkung zu machen. *Karlsbader Sprudelsalz* 5 gr. in 20 ccm Wasser (warm) morgens und abends im Verlauf von etwa vier Stunden zu trinken. Heizkissen weiter. Nur Schleimsuppe oder nichts. Keine Medikamente, sondern weitere Stühle abwarten. Führer soll sich demnächst selbst mit Mastdarmspritze Kamillentee-Injektionen von Zeit zu Zeit machen (da er mich dieselben nicht ausführen läßt). Weiterhin Luftveränderung (da im Bunker zuviel

Kohlensäure und wenig Sauerstoff) und Bewegung (Spaziergänge) notwendig. Vorschlag, nach zweitägigem Bunkeraufenthalt (mit unbedingt nötigem und schon so oft vorgeschlagenem Magen-Darm-Gallenblasen-*Röntgen* durch Chaoul) sicher Schleimhautveränderungen, Verwachsungen des Magenausgangs. Zwölffingerdarm-Gallenblasengegend für eventuelle Gallensteine (nicht wahrscheinlich, da keine Spannung). Anraten: Ungefähr 14 Tage Aufenthalt auf dem Berg.»

«Da er mich dieselben nicht ausführen läßt» – so oder ähnlich schreibt Morell noch oft, so am 1. Oktober, 13 Uhr:

«Die gute Wirkung der Kamilleneinläufe wird eingesehen, und Patient will diese auch künftig selbständig (!) wiederholen. Außer dem Irrigator habe ich eine Klystierspritze in Aussicht gestellt, damit dosierte Anwendung auch im Bett selbständig ausgeführt werden kann.»

Dann um 19.30 Uhr: «Beim Weggehen Führer sich seitlich aufgerichtet. Angeblich quälende Gase und Druck nach dem Herzen.»

Zahllos sind die Eintragungen, welche immer wieder Hitlers «ungewöhnliche Scheu» (von Hasselbach), ja, seine strikte Weigerung dokumentieren, sich zwischen Nabel und Knie untersuchen zu lassen. Selbst Massagen ließ ‹der Patient› oder ‹der Herr vom Auswärtigen Amt›, wie Morell den Führer in Briefen tarnend nennt, wenn er Gutachten einholt, nicht zu. So schreibt der Arzt am 2. Dezember an den Herzspezialisten Weber in Nauheim:

«Massagen hatte ich angeordnet, wurde aber nicht zugelassen». Oder, als Morell den von Himmler anstelle der wegen der Antigaspillen-Intrige entlassenen Brandt und von Hasselbach zum zweiten Begleitarzt ernannten Stumpfegger einführen will, notiert er am 8. Dezember:

«Ich sagte, daß Dr. Stumpfegger draußen warte, um sich nach seinem Befinden zu erkundigen; ob er hereinkommen könne und ob er auch einmal den Leib abfühlen dürfe, damit auch *er* einmal sähe, wie weich dieser sei und wie gut alles aussehe. Aber der Führer sagte, es genüge, wenn ich es konstatiere, er möchte nicht, daß noch jemand nachsehe. Ich entgegnete, es wäre mir lieb gewesen, wenn noch ein Arzt den Befund bestätigte.»

Als die Antigaspillen-Intrige mit Entlassung von Brandt und von Hasselbach für Morell ausgestanden war, sagte ihm Hitler am 8. November – Morell notiert:

«Nach mehrmaligem Brechversuch, bei dem die verschluckte Luft und Gase nach oben kamen, trat vollständige Entspannung ein, und der Führer war nun vollauf glücklich und erzählte mir, wie sehr er sich neulich geärgert habe bei der Intrige gegen mich, das glaubte ich gar nicht. ‹Daß diese Blödels sich dabei gar nicht überlegt haben, was sie dadurch *mir* angetan hätten! Ich hätte doch dann plötzlich ohne Arzt dagestanden, und dann mußten diese Menschen doch wissen, daß Sie mir in den acht Jahren, die Sie bei mir sind, schon mehrfach das Leben gerettet haben. Und wie ging es mir zuvor! Alle Ärzte, die herangeschleppt wurden, versagten. *Ich* bin kein undankbarer Mensch, mein lieber Doktor. Wenn wir beide glücklich durch den Krieg kommen, dann sollen Sie einmal sehen, wie groß ich Sie nach dem Kriege entlohnen werde!›»

Morell hat die Dankbarkeit und Anhänglichkeit Hitlers erwidert, indem er seine Schweigepflicht über den Tod des Patienten hinaus einhielt und – wie zitiert von Irving – seinen amerikanischen Vernehmern nur etwas über die sekundären Geschlechtsmerkmale Hitlers gesagt hat.

Erst Guido Knopp hat für seine Fernseh-Dokumentation ‹Hitlers Frauen› 2001 jenen Herbert Döhring – als Zeuge ersten Ranges für Hitlers Privatleben – entdeckt, der Hausverwalter auf dem Berghof war. Seine Frau war dort seit 1931 Haushälterin, die einzige Angestellte, die von Hitler in dem damals noch Vier-Personen-Haushalt meist geduzt wurde. Ihr Mann kam 1935 hinzu, weil er – seit August 1934 in der Leibstandarte – 1935 für das sogenannte «Führerschutzkommando», wie er im Juli 2001 zu Hochhuth sagte, «auserwählt» worden war. Das Führerschutzkommando war eine aus achtundzwanzig, höchstens dreißig Angehörigen der SS-Leibstandarte gebildete Einheit, der auch die als Kammerdiener in der Leibstandarte Hitlers zum Hauptsturmführer beförderten Linge und Junge angehört haben – die Fahrer Schreck und Kempka, beide schon bei Hitler vor Gründung der Leibstandarte, gehörten nicht dazu. Käme man auch nie auf die Idee, Aussagen dieser Menschen ungeprüft zu übernehmen – dort, wo sie verstärken, ja *bestätigen*, was andere zum gleichen Thema gesagt haben, und schon zu einer Zeit gesagt haben, als sie die Aussagen der anderen nicht gekannt haben *können*, muß man diesen Aussagen Gewicht beimessen, ja sie für wahr halten.

So die des heute 86jährigen Herbert Döhring, mit denen er in Guido Knopps Film und Buch zitiert wird und was alles er auch Hochhuth noch einmal telefonisch als wahr bestätigte. Döhring sagte am 23. Juli 2001 zu R. H., er habe Heinz Linge nach dessen zehnjähriger russischer Gefangenschaft zufällig bei Hitlers Postbote Zechmeister auf dem Obersalzberg getroffen. «Neunzig Prozent von Linges Buch halte ich für wahr.» Hochhuth fragte, wie er sich erkläre, daß Linge, immerhin Kammerdiener, sich entschuldigt habe, weil er Hitler einmal im Nachthemd angetroffen hat, obgleich er ihm morgens die Zeitungen weisungsgemäß *vor* die Schlafzimmertüre gelegt hatte. Döhring sagte, keiner der vier Diener habe Hitler im Nachthemd oder gar nackt sehen dürfen, nicht «der

Krause, der einzige Matrose, den hat er sich vom Panzerschiff Deutschland mitgebracht, der gefiel ihm so, als er das besichtigte; mußte dann aber auch in die Leibstandarte gehen; und Junge, der gefallen ist, und Arndt, der in Sachsen bei dem Flugzeugabsturz 1945 umkam, nie nackt gezeigt!» Und als ich sagte, Linge habe dem Hitler-Biographen Werner Maser erzählt, 1980 im Tonbandgespräch, Hitlers Sex-Leben mit Eva Braun sei normal gewesen, erwiderte Döhring geradezu heftig: «Woher will er das wissen? Natürlich waren die auch im Bett, aber stattgefunden hat da nix, ich sagte Ihnen ja neulich schon, was Hitler meiner Frau 1931 gesagt hat, daß er durch seine Gasverletzung ... ging doch gar nicht!» Ich konfrontierte Döhring mit seinem in Guido Knopps Buch zitierten Satz über die von seiner Frau untersuchte Bettwäsche: «Meine Frau, die war immer neugierig, hat immer in die Wäsche neig'schaut vorm Waschen, wenn Hitler weg war. Nix, nix, nix hat die festgestellt – da gab es keine Anhaltspunkte, nix.» Und der ehemalige Matrose, jetzt Kammerdiener Krause: «Ob die nachts zusammen waren, weiß ich nicht, es war ja abgeschlossen. Wenn einer da was behauptet – das und das – stimmt das nicht.» Die Zofe Mitlstraßer – auch erst von Guido Knopp dokumentiert – mußte noch in der frühen, der Münchner Zeit, wenn Eva ihre Tage erwartete, aber zu Hitler in die Prinzregentenstraße wollte, beim Arzt etwas holen, «um die Regel zu vertreiben» ... Also ein Bettleben mit ihm gewiß – doch nur Petting? Als ich Döhring – seine Frau, Jahrgang 13, ist gestorben – frage, ob diese Beobachtung: Nie war Sperma zu entdecken oder etwa ein Präservativ –, nicht bestätigt werde durch den *einzigen* trostlos traurigen Satz in Eva Brauns Tagebuch über ihr Intimleben: «Er braucht mich nur zu ganz bestimmten Zwecken», bejaht das Döhring: «Der Hoffmann hat doch gesagt, daß zwischen Eva und Hitler Sexuelles nicht ist»! Tatsächlich hat noch nie eine Frau so abfällig über Liebe geschrieben, sofern die nicht nur Ersatzhandlung war ... Eva fragt im Tagebuch, als sie auch einträgt, daß sie für ihren zweiten Suizid-Versuch schon 35 Phanodorm hat: «Ich bin verzweifelt ... Warum quält er mich so und macht nicht gleich ein Ende?»

Als ich Döhring diese Sätze vorlese und frage, ob nicht auch der Selbstmord Geli Raubals – «die Gele», sagt Döhring – damit zusammenhänge, daß kein normales Ficken möglich war, «entschuldigen Sie, Herr Döhring», sage ich, «aber nennen wir's doch deutlich beim Namen», antwortet der alte Mann: «Natürlich!» Und Knopp zitiert Gelis Freundin Henriette von Schirach, die Tochter des Fotografen Hoffmann: «Es hat zwischen beiden keinerlei intime Beziehung gegeben.» So auch Gelis Bruder Leo zu Maser.

Knopp schreibt, Frau Döhring habe Hitler die Pistole weggenommen, mit der er sich nach Gelis Selbstmord erschießen wollte. «Ich bringe mich um, für mich ist das Leben kaputt», habe Hitler gesagt. Döhring: «Meine Frau hat das später bereut» ...

Doch eine solche Aussage nach über siebzig (!) Jahren ist nicht sehr ernst zu nehmen, sondern kennzeichnet nur, wie sich post festum – Döhring sagte das erst im Jahr 2001 in Guido Knopps Kamera – alle Erinnerungen einfärben, ja, *verfärben*, wenn der Zeitgeist die betreffenden Personen inzwischen als amoralisch «eingestuft» hat.

«Er braucht mich nur zu ganz bestimmten Zwecken» so bitter wie der erbitterte Zusatz: «Ich, die Geliebte des größten Mannes Deutschlands und der Erde» als die einzigen Aussagen über ihr Bettleben im Tagebuch Eva Brauns, sprechen jedenfalls nicht für normale Liebesbeziehungen, sondern nur für jene trostlosen Ersatzhandlungen, die Joachim Fest statt eines Sexlebens bei Hitler vermutete – ohne schon vom Mitschüler Wasner gewußt zu haben. Eva hat sich schon am 1. 11. 32 mit der Pistole ihres Vaters in die Brust geschossen, drei

Jahre vor diesem deprimierenden Bekenntnis, wurde aber gerettet: sie hatte das angezielte Herz nicht getroffen.

Am 25. Juli 2001 wiederholte Wolf Jobst Siedler, was er schon früher Hochhuth erzählt hatte: «Mein Freund Albert Speer hielt für ausgeschlossen, daß Hitler mit Eva Braun wirklich geschlafen hat» – miteinander im Bett sein ist bekanntlich noch kein Gegenbeweis, sofern man unter Beischlaf Koitieren versteht.

Eva hat vor 1935 zweimal versucht, sich das Leben zu nehmen. Ihren deprimierten Zeilen steht keine einzige halbwegs Liebe, gar Erfüllung bekundende gegenüber.

Werner Maser sagte am 24. Juli 2001 zu Hochhuth, zwar lese man noch in der siebzehnten (!) Auflage seines berühmten Hitler-Buches, die 2001 ausgeliefert wurde, Geli Raubal sei Hitlers Geliebte gewesen – doch stimme das nicht, wie er erst später von deren Bruder erfahren habe. Maser, der offizielle Nachlaßverwalter der Familie Hitler, erzählt, der bei Stalingrad in russische Gefangenschaft geratene Raubal sei wie der Kammerdiener und SS-Hauptsturmführer Linge erst 1955 durch Adenauer befreit worden, wie angeblich alle dort noch kriegsgefangenen Deutschen. Jedenfalls haben Bulganin und Chruschtschow Adenauer ihr Ehrenwort gegeben, daß sie keine mehr zurückhalten; immerhin ist das jetzt sechsundvierzig Jahre her. Da wundert man sich, daß Maser seine Fehleinschätzung in seinem in «über hundert Sprachen», wie er zu Hochhuth sagte, erschienenen Hitler-Buch noch immer nicht korrigiert hat.

1979, so Werner Maser zu Hochhuth, «war Heinz Linge für vierzehn Tage bei mir, damit ich seine Erinnerungen ‹Chef des persönlichen Dienstes bei Hitler› druckreif machte». Maser-Telefonat am 27. Juli 2001 mit R. H. – spricht herzlich von Linge, der «allerdings zuletzt ein drei Zentner schwerer Säufer war, der bei mir in einen Sessel nicht hineingepaßt, ja, einen Stuhl unter sich zerbrochen hat. Besonders intelligent war er nicht, aber ehrlich und natürlich auch schon sehr reduziert, denn er trank seit Jahren pro Tag eine Flasche Whisky oder Cognac.» Linge konnte nicht ahnen, daß Irving in Washington drei Jahre später seinen Terminkalender finden würde – da war der ‹Chef des persönlichen Dienstes› längst tot; er starb, *ehe* Maser die von ihm bearbeiteten, von Linge nur auf Tonband gesprochenen Erinnerungen an seine Jahre mit Hitler herausgab. David Irving veröffentlichte Dr. Theo Morells Tagebücher, «ziemlich schwer zu entziffern», kommentiert und unter Hinzuziehung von Linges Terminkalender 1983, vier Jahre, *nachdem* Linge bei Maser war. Allein so ist erklärlich, daß eine Räuberpistole, die Giesing Maser aufgetischt hat, in dessen Heinz-Linge-Buch geraten ist: Eine am 12. 6. 1946 datierte Niederschrift Giesings, der ahnungslos war, daß Morells und vor allem auch Linges tagtägliche, ja stündliche Notizen, wer wann warum beim Führer gewesen ist, sich eines Tages auffinden würden im U.S.-Nationalarchiv in Washington! Und daß sie ihn als frei Fabulierenden überführen würden. Morell, der mit dem letzten Regierungsflugzeug aus Berlin entkam, geriet in französische Gefangenschaft, Linge, nachdem er Hitlers Leiche in eine Decke verpackt und verbrannt hatte, in russische. Giesing konnte nicht damit rechnen, sein Phantasie-Produkt aus der Nachkriegszeit, das er als «Tagebuch» deklarierte und später Irving schenkte, könne durch Linges Terminkalender und Morell jemals als Fälschung entlarvt werden.

Irving erläutert – Telefonat mit Hochhuth am 28. Juli 2001 –, daß die Amerikaner, als sie im Juli 1945 die Keller der Reichskanzlei-Ruine durchstöberten – die Russen hatten dort im Garten vor allem die Leiche Hitlers gesucht und verkohlt gefunden – auch Linges Terminkalender mitnahmen nach Washington, wo ihn Irving zur Verifizierung und exakteren Datierung der Arztaufzeichnungen Morells benutzte.

Giesing phantasierte 1946 – und der betrogene Maser nahm das guten Glaubens in seiner Bearbeitung der Linge-Erinnerungen auf, als Linge schon tot war –, wie er angeblich am 1. Oktober 44 – ausgerechnet er, als *Ohren*arzt-Ersatzmann (!) für nur wenige Wochen – dem Führer anläßlich einer Herzattacke das Leben gerettet und ihn gleich auch noch nackt untersucht haben wollte, was nie ein Arzt gedurft hat. Der Lügner hatte Pech und keine Ahnung, daß gerade für diesen Tag seiner angeblichen Rettung Hitlers Morell besonders ausführliche Eintragungen gemacht hat, wann er warum dreimal bei Hitler war.

Ausgerechnet der *Ohren*-Arzt Giesing, nur notgedrungen zu Hitler geholt, da dessen Ohrenarzt seit 1934, von Eicken, Chef der Charité, nicht sogleich nach dem Attentat verfügbar war, soll Hitler gerettet haben. In Wahrheit, belegt Irving, äußerte Hitler sich zweimal abfällig über Giesing, der dann ja auch nach zweieinhalb Monaten wieder verschwinden mußte. Maser ist nicht vorzuhalten, daß er auf diese Lügengeschichte hereinfiel, denn Irvings Morell-Buch und Linges stündlicher Terminkalender kamen wie gesagt erst Jahre später zutage.

Giesing hatte in dieser kurzen Zeit offenbar nicht einmal mitgekriegt, daß Hitler selbst seinen beiden, fast ein Jahrzehnt bei ihm als «Begleitärzte» akkreditierten Morell und von Hasselbach nie auch nur den Hintern vorzeigte. Sonst hätte er nicht ausgerechnet als *Ohren*-Arzt geprahlt, ihm habe Hitler sich nackt gezeigt! Oder Giesing hat es doch gewußt und seine Spinngeschichte 1946 aus dem Minderwertigkeits-Komplex geschrieben, der einzige der Ärzte gewesen zu sein, den Hitler keine drei Monate in seiner Nähe ertrug … Als wolle Giesing geradezu festnageln, *ihm* mehr als jedem anderen Arzt habe der Diktator vertraut! Irving bestätigte diese Vermutung. Wir können uns post festum keinen Begriff mehr davon machen, wie Hitler noch Jahrzehnte nach seinem Tod einige seiner engsten Umgebung zu «Verschworenen zusammenschweißt» (Wörter von Hitler). So daß sie heute noch positiv einfärben, was sie von ihm berichten – oft ohne es zu merken: man ist eben auch unterbewußt nicht gern im Dienste des Auschwitzers gewesen, sondern lieber eines Hunde- oder Kunstfreundes. Das betrifft sogar einige seiner Biographen; wer will schon eingestehen, daß er sich jahrzehntelang ins Dasein eines paranoiden Massenmörders vertieft hat statt in das des Perikles oder Cavours?

Als Hochhuth Maser die von Irving aufgefundene Niederschrift (1951) des zweiten – nach Morell – Begleitarztes von Hasselbach, hier schon zitiert, vorlas: «... auch ich habe ihn daher nie ganz entkleidet gesehen», sagte Maser: «Hasselbach war ein großer Lügner!» Maser begründete aber nicht, warum ein Leibarzt sich damit gebrüstet haben sollte – von Hasselbach hat sich doch *blamiert* mit diesem Eingeständnis, daher es zweifellos wahr ist – seinen Patienten acht Jahre lang nicht einmal zwischen Nabel und Knie gesehen zu haben.

Unbegreiflich bleibt auch Masers Aussage zu Hochhuth, Linge sei mit Maschinenpistole (!) während der «Untersuchung», die Giesing gemacht haben will, am 1. Oktober ins Schlafzimmer Hitlers «eingedrungen», um Giesing eventuell zu erschießen, wenn der dem Führer Böses tue. (Irving, als einziger Historiker, ja, heute einziger Kenner von Linges Diarium: «Völlig unmöglich, kein wahres Wort!») Im Terminkalender auch nicht erwähnt.

Sogar in Giesings erfundenem, von Maser gedrucktem Bericht steht auch das Gegenteil: Linge sei bei der Untersuchung dabeigewesen, habe sogar Hitler das Nachthemd ausgezogen. Auf meine Frage, Herr Professor Maser, warum haben Sie denn diese unwahrscheinliche Maschinenpistolen-Moritat im

Linge-Buch nicht berichtet, sagte der Herausgeber: «Linge wollte das nicht, es ist ja schließlich sein – nicht mein Buch. Er fand, das stehe zu sehr im Widerspruch zu Hitlers Aussage, er könne jedem deutschen Arbeiter ruhig seinen Kopf in den Schoß legen, da werde ihm nie etwas passieren.» So Maser am 24. 7. 2001 zu Hochhuth.

Man muß folgern: Nicht Linge, sondern Giesing hat Maser die Maschinenpistolen-Moritat als wahr erzählt – denn welchen Grund hätte Linge gehabt, ausgerechnet diese einzige Geschichte, die ihn mit der Waffe in dramatischer Situation zeigt – Hitler ließ ja ihn und Fahrer Kempka als einzige SS-Männer an seiner Seite nicht zur Front einrücken –, zu verschweigen? Da aber Maser der Wahrheit verpflichtet ist, läßt sich nur folgern, er hat 2001 mit immerhin fast achtzig diese beiden verwechselt. Das kommt vor, bei uns allen, wenn wir heute, fast sechs Jahrzehnte nach der Tat, eine fast ebenso alte Geschichte über sie nur aus dem Gedächtnis weitergeben.

Irving dagegen hat nur deshalb oft auf die halbe Tagesstunde genau angeben können, wer wann bei Hitler war, weil er das im Terminkalender Linges gefunden hatte und es zur Grundlage seiner Morell-Kommentare hat machen können. Es gibt nicht den geringsten Beleg für Giesings Münchhauseniade in Linges Kalendarium. Vor allem aber auch nicht in Morells, «meines einzigen Leibarztes», wie Hitler ihn nannte, Arzt-Journal: Nicht der am 1. Oktober dreimal zum Führer gerufene Internist habe ihn wegen des Herzens behandelt, sondern der – nach nur zweieinhalb Monaten entlassene – *Ohren*arzt! Das Lustigste an Giesings Lüge: Hitler hatte am 1. Oktober nicht nur keinen Herzanfall, sondern – im Gegenteil – Morell notiert nach dem zweiten seiner drei Besuche an diesem Tag: «Herzbefund gut»! Ich mußte siebzig werden als Dokumentarist, um mit einer so unverfrorenen Fälschung konfrontiert zu werden …

Auch ist Giesings Lügenmär, die der an Maser gab, in dem Buch, das Maser aus Linges Erinnerungen zusammengestellt hat, schon widerlegt. Nur *einmal*, einmal in mehr als zehn Jahren, eine halbe Stunde nach dem Attentat Stauffenbergs, habe er, Linge, Hitler beim Anziehen geholfen – einer neuen Uniform, da die getragene zerrissen-beschmutzt war durch die Explosion, die Hitler in den Garten geschleudert hat. Und nur einmal noch habe er Hitler – außerhalb seines Bettes – im Nachthemd gesehen, außer der schon erwähnten Überraschung, Hitler im Vorraum zum Schlafzimmer zu treffen, als er die Zeitungen dort hinlegte. Hitler stand, als Linge ihn zum zweiten Mal im Hemd sah, auf dem Tisch, um eine ausgebrannte Glühbirne zu ersetzen. Linge sagte: «Warum haben Sie mich denn nicht gerufen, mein Führer?» Und dieser Hitler habe ausgerechnet seinem *Ohren*arzt die Pudenda vorgezeigt? Während Internist Morell an diesem Tag dreimal bei Hitler war? Aberwitzig. Irving, der Giesings Schriften genauer als andere kennt und sie dem Institut für Zeitgeschichte schenkte – nur Giesings Tagebuch hat er noch in London – glaubt ihm auch nichts mehr.

Wer den Auschwitzer zur Figur einer Tragikomödie macht, wird sich den Vorwurf zuziehen, dem schon Charles Chaplin ausgesetzt war, als er auf dem Gipfel der Wirksamkeit Hitlers, 1940, sein Meisterwerk ‹Der große Diktator› gedreht hat. Außerhalb des europäischen Zuchthauses deutscher Nation – innerhalb durfte ja keiner den Film sehen – wurde ihm nicht nur positiv angerechnet, wie er den Diktator dargestellt hat. Sondern er zog sich auch den Vorwurf zu, er treibe «mit Entsetzen Scherz».

Heute, sechzig Jahre später und nachdem alle Welt weiß, daß Hitler ein Jahr nach Erscheinen des Chaplin-Films die sogenannte «Endlösung» angeordnet hat, so daß sein Name zum

Synonym für Auschwitz wurde –, ist das Problem: *Kann* der Kranke, dem Auschwitz einfiel, überhaupt anders als im Wortsinne: Irrsinnig komisch dargestellt werden?

Chaplin, der übrigens, was schon Ernst Jünger beschäftigte, fast das gleiche Horoskop hat wie Adolf Hitler; er wurde nur vier Tage vor dem Auschwitzer geboren, am 16. April 1889 –, der Londoner mußte den Irrsinn zum integrierenden Bestand seines Films machen, weil ja tatsächlich die ganze Hitleritis – jene Geisteskrankheit, die sich offiziell Nationalsozialismus genannt hat –, schon heute selbst von Historikern nicht mehr begriffen werden kann. Sondern allenfalls von Psychiatern ... *weil* nun alle Fakten vorliegen über jenen Urtrieb des Braunauers, der zum Holocaust führte.

«Mit Entsetzen Scherz treiben» kann also zuweilen unumgänglich sein, weil – so sagt Schiller es neun Zeilen später – «der schrecklichste der Schrecken der Mensch in seinem Wahn ist». Dieser Wahn hieß «unter» Hitler Endlösung und führte per Bahn nach Auschwitz. Auch Familie Johann Strauß hat mindestens einen Verwandten, von dem wir wissen – vermutlich aber aus Ungarn sehr viele mehr als einen – dort verloren.

Der Hinweis auf Chaplin darf nicht dazu verleiten, Hitler wie dem ‹Großen Diktator› Hampelmann-heftige Bewegungen oder äußerlich komische, zackig-alberne Reaktionen mitzugeben. Im Gegenteil: Seine Gefährlichkeit ist deshalb abgründiger als bei jedem Vorgänger auf dem Thron der Weltgeschichte, weil Hitler genau so absolut normal, ja gütig im Umgang mit seinen Mitarbeitern wirkt – wie absolut unnormal ist, was er befiehlt, also denkt. Und auch wozu er nicht bereit ist, zum Beispiel sich von seinem Arzt ein Klistier machen zu lassen ...

Schließen wir wie begonnen mit den Beobachtungen eines Arztes, des Geheimrates Stoeckel, weil das, was Hitler 1932 zu ihm sagte, auch ein Teil seiner hier als Tragikomödie geschriebenen Krankengeschichte ist:

«Ich sah, daß Hitler sehr sparsam aß, nur vegetarisch, nicht rauchte und keinen Alkohol trank. Offenbar spürte er, daß ich ihn beobachtete, und er fragte sofort nach meiner Meinung über gesunde Ernährung.

‹Der Mensch ist vor Urzeiten ein pflanzenfressendes Tier gewesen›, sagte ich. ‹Das muß ihm gut bekommen sein, denn sonst hätte er sich nicht so erfolgreich fortgepflanzt.›

...

Hitler lachte. ‹Sehr gut, Herr Geheimrat. Das ist wissenschaftlich begründet und trotzdem volkstümlich ausgedrückt. Ein pflanzenfressendes Tier!›

...

Arglos sagte ich: ‹Männer entschließen sich leichter zur Rohkost als Frauen, das beobachte ich immer wieder.›

Alles schwieg. Hatte ich etwas falsch gemacht? Durfte in diesem Zusammenhang nicht von Frauen gesprochen werden?

Frau Goebbels rettete die Situation, indem sie sich an ihren Nachbarn zur Linken wandte: ‹Sehen Sie, Herr Hitler, auch der Geheimrat ist der Meinung, daß Sie bald heiraten sollten!›

Keineswegs hatte ich diese Meinung ausdrücken wollen, aber das Thema schien in der Luft zu liegen. Und so antwortete denn auch der ‹Führer›, plötzlich wieder ganz ernst, mit leichtem Seufzer und Pathos: ‹Man kann seinem Volk auch ohne Söhne dienen und seinen Namen auch ohne Nachkommen erhalten!› Und nach kurzem Schweigen: ‹Als Vater muß man ja immer befürchten, daß die Söhne von irgendeinem Vorfahren schlechte Eigenschaften geerbt haben, und eines Tages machen die sich unangenehm bemerkbar.›

Diesen bedeutenden Worten blieb nichts hinzuzufügen.»

Nachbemerkungen

Hans Georg Heepe
Wehrlos vor den geschichtlichen Ereignissen

«Rolf Hochhuth hatte das Glück und das Unglück, mit seinem ersten Wurf, der ein sehr weiter Wurf war, die Welt zu erobern. Das hat sie ihm bis heute nicht verziehen. Es wurde üblich zu sagen: Ja, gewiß, ein mutiger Mann, der es als noch ganz Unbekannter mit der Kirche aufgenommen hat; ein gescheiter Zeitgenosse, die Hand feinfühlig am Puls der Gegenwart; ein Autor mit Sinn für Dramatik, theatralische Situation, Bühnenwirksamkeit ... aber ein echter Schriftsteller?

Wie steht es mit Hochhuths Prosa? ‹Die Berliner Antigone› beginnt in Sprache und Haltung einer klassischen Novelle, mit einem Griff, der Anfang und Ende verklammert: ‹Da die Angeklagte ... glaubte der Generalrichter, er könne sie retten ...› Und nun rollt, wie ein Felsen zu Tal stürzt, ab, daß und warum er sie *nicht* retten kann. Auch der Schluß ist klassisch, fast kleistisch: ‹Ein Staatssekretär hat überliefert ...› Aber dann, danach erst, setzt Hochhuth den eigentlichen Schlußstein, stößt die mit eisiger Glut erzählte Novelle in die Wirklichkeit der Zeit 1939 bis 1945: der einfache Satz Professor Stieves wird zum Epitaph. Es ist erregend zu verfolgen, wie er immer wieder aus der sich selbst auferlegten Sachlichkeit des Vortrags ausbricht, wie aus dem geschriebenen ein gesprochener Satz wird: ‹... auch dann noch, *auch* dann noch, als Annes Bruder schon verhaftet war›; wie moderne Sprache den klassischen Satzbau – wieder möchte ich sagen aufrauht: der ‹steifschneidige Staatsanwalt› etwa, ‹ein straffgekämmter Hamburger mit einer Stimme wie ein Glasschneider›, oder das ‹lange, wutrote Fahnentuch›, oder, geradezu expressionistisch: ‹Die phosphoreszierte Friedrichstraße hatte sich brechend und verglühend im Feuerwind gegen den Himmel gebäumt ...› Aber Hochhuths ‹Antigone› stellt sich nicht nur dem Vergleich mit der Form des größten deutschen Novellisten, sondern auch mit dem Thema eines griechischen Tragikers. Nur eben, und darin zeigt sich seine wachsende handwerkliche Sicherheit: für diese Anne gibt es als Gegenspieler keine überzeugende Persönlichkeit, die ‹auf ihre Weise auch recht hätte› wie der Kreon des Dramas, sondern nur das Unrecht. Die Tragik wird nicht ausgetragen zwischen zwei Menschen oder den zwei Seelen eines Menschen, sondern zwischen Geschöpf und Schöpfer. Es ist eine ganz geradlinige Tragik, ein Speer, geworfen vom ersten Wort zum letzten, und darum besser eine Novelle als ein Drama.»

Dies schrieb der Romancier, Essayist und Verfasser von «Kunst der Novelle» Nino Erné (1921–1994) vor dreißig Jahren. Ihm ist aus heutiger Sicht wenig hinzuzufügen. Hochhuth war mit dem «Stellvertreter» 1963 auf die literarische – und politische – Bühne getreten; der Glanz des Welterfolgs und die fortgesetzte dramatische und essayistische Produktion ließen das erzählerische Werk im Schatten, obgleich «Die Berliner Antigone» im selben Jahr in der «Frankfurter Allgemeinen Zeitung» erschienen war. Hochhuth hat 1971 in einem Interview gesagt: «Ich habe als Novellist, als Erzähler angefangen und bin schon als Pennäler dem Einfluß Thomas Manns erlegen» – von dem er sich allerdings befreite, wenn man nicht in manchen überlangen Sätzen seiner Regieanweisungen einen späten Reflex sehen will. Hochhuths erste Veröffentlichung *war* eine Prosa-Arbeit, «Resignation oder die Geschichte einer Ehe», drei Jahre vor dem «Stellvertreter» bei Rütten und Loening publiziert, freilich unter dem Pseudonym Brigitte Calden (später, 1974, unter dem eigenen Namen in einer revidierten Fassung als «Zwischenspiel in Baden-Baden»).

Den Antigone-Stoff, ins Dritte Reich versetzt, nicht für die Bühne, sondern als Erzählung zu realisieren hatte Erwin Piscator, der Regisseur der «Stellvertreter»-Uraufführung, geraten, obgleich wie im Drama des Sophokles auch hier im Mittelpunkt eine junge Frau steht, die sich über die Todesdrohung der Staatsmacht hinwegsetzt, indem sie ihren hingerichteten Bruder bestattet. Doch, Nino Erné hat darauf hingewiesen, es fehlt eine Gegenfigur, die auf der Bühne auf ihre Art recht gehabt hätte.

Auf den ersten Blick will es scheinen, als verhalte es sich bei der szenischen Vergegenwärtigung von Jochen Kleppers Freitod ähnlich. Zwar ist Reichsinnenminister Wilhelm Frick der das Geschehen auslösende Gegenspieler, aber er tritt nicht auf, verkörpert nur die lebensbedrohende Welt, der sich die Familie Klepper gegenübersieht. Auch ein anderer fanatisierter Bürokrat hätte das Geschehen in Gang setzen können, zufällig – und historisch getreu – war es dieser. Das Böse, die Bedrohung ist draußen überall, und wenn auch Pläne zur Rettung der Tochter geprüft werden, so ist das Ende gewiß. Ein Requiem liest man nur für Tote.

1981 hatte Hochhuth in einem Interview gesagt, daß er sich als Dramatiker «von der Historie des Dritten Reiches abwenden» wolle, aber noch immer ist der «Installateur von Auschwitz» im Werk allgegenwärtig, diese beiden Akte beweisen es. Als Autor stehe er «wehrlos vor den geschichtlichen Ereignissen» heißt es im gleichen Interview. «Vergessen Sie einen Namen nicht», antwortet er 1976 in einem ZEIT-Gespräch dem fragenden Fritz J. Raddatz, «der in *allem*, was ich schrieb (außer in der Lyrik), vorkam ... Für mich, den ehemaligen Pimpf in Hitlers ‹Jungvolk›, den Schwiegersohn einer von Hitler Enthaupteten, den jugendlichen Augenzeugen vom Abtransport der Juden – für mich liegt die Auseinandersetzung mit Hitler allem zugrunde, was ich schrieb und schreibe.» Und so trägt das Verhängnis, das die Familie Klepper dahinrafft, auch diesen Namen: Hitler.

Jochen Klepper, 1903 im niederschlesischen Beuthen geboren, hatte Theologie studiert. 1933 erschien sein Erstling «Der Kahn der fröhlichen Leute», ein Roman, der davon lebt, daß er wegen seiner Herkunft mit Schiffahrt und mit der Oderlandschaft vertraut war. Sein Ruhm jedoch gründete sich auf den christlichen Geschichtsroman «Der Vater. Roman des Soldaten-Königs» (1937). Fritz Martini charakterisiert ihn 1961 in der 11. Auflage seiner «Deutschen Literaturgeschichte» im Tonfall der Zeit so: «In der Sorge für die Bewahrung des christlichen Erbes, wie es sich im Pietismus des preußischen Königs Friedrich Wilhelm I. als menschliche Kraft und staatliche Bindung darstellt, erhielt der große Roman ‹Der Vater› von Jochen Klepper eine mehr als literarische Bedeutung. Aus schlicht-wahrhaftigem Glauben dichtete Klepper kirchliche Lieder, die seit langer Zeit der protestantischen Gemeinde wieder neue eigene Formen des Gesangs darbieten.» Über die Tagebücher, 1956 von der nach England geretteten Tochter unter dem Titel «Unter dem Schatten deiner Flügel» herausgegeben, verliert Martini kein Wort. Sie sind, wie aus dem Text hervorgeht, für den Dramatiker eine wichtige Quelle. Sie erlauben das Eindringen einer Transzendenz, die Rettung verheißt – für die Beteiligten, sofern sie glauben. Für die meisten von uns nachgeborenen Zuschauern gibt es diesen Trost nicht, ist Gott nicht «das einzig mögliche Asyl». Für uns schließt die Szene nicht mit Requiem aeternam, ewiger Ruhe, die der Herr schenken soll.

Ein Versuch, sich von einer übermächtigen Figur zu lösen, ist, sie lächerlich zu machen. Der Stoff der Posse rumort in ihrem Autor schon lange. 1987 erwähnt er in einem Aufsatz über Goebbels' Tagebücher die Memoiren des Rechtsanwalts Dietrich Güstrow («ein Pseudonym»), der «einen Soldaten verteidigte, der als Kind ein Spielgefährte Hitlers gewesen war und an der Front ‹Kameraden› erzählt hatte, Hitler habe durch den Biß eines Ziegenbocks mit zwölf Jahren einen Teil seines Penis eingebüßt.» Aber die Abneigung, Hitler auftreten zu lassen, war groß. «Wo *jeder* der Beteiligten *recht* hat – kann Hitler nicht im Spiel sein. Dies zu dem Vorwurf, warum man keine Dramen über den Braunauer oder seinen grotesken Himmler oder den Bilderdieb Göring schreibt: wer Auschwitz erfunden hat, der kann wie der Hannoveraner Jünglings-Metzger Haarmann einen prominenten Platz in der Kriminalstatistik oder in einer Krankengeschichte beanspruchen, aber keinen in einer Tragödie ... Denn mit Monstren hat das Drama nichts zu schaffen.» («Dieser Pole starb gelegen», Der Spiegel, 1967) Noch in «Hitler und seine Ärzte» muß der Widerstand, formuliert im Heine-Zitat «Nicht gedacht soll seiner werden, nicht im Liede, nicht im Buche», überwunden werden. Der bisher nie ins Rampenlicht Getretene, so oft wortreich Vertriebene *ist* für Hochhuth immer da, nun wird er zur Bühne zugelassen, im Satyrspiel nach der Tragödie. Freilich, daß auch das Dritte Reich grotesk-komische Züge hatte, sah man schon in der Jägerkeller-Szene des «Stellvertreter», vom Ritterkreuz am Damenstrumpfband bis zu gegrölten «Sie trugen einen Toten» beim Kegeln, der «vom Familienrat erlaubten Ersatzhandlung des deutschen Spießers».

Der Schauspieler soll Hitler – wiederum historisch korrekt – «absolut normal, ja, gütig im Umgang mit seinen Mitarbeitern» zeigen – um so grausiger wirkt, was wir von ihm wissen. Und um so grotesker, was sich auf der Bühne abspielt. Hätte ein Schriftsteller es erfunden, man bezichtigte ihn der plumpen Effekthascherei, nämlich, daß weder Arzt noch Kammerdiener ihren Patienten, ihren Herrn je nackt gesehen haben. Was David Irving, dessen Schlußfolgerung Hochhuth fernsteht, dessen Recherchefleiß er jedoch wie so mancher Historiker respektiert, durch das in Washington aufgefundene Morell-Tagebuch belegt und unser Autor durch den Verweis auf Dietrich Güstrows Erinnerungen erklärt, klingt plausibel und ist der Stoff für eine besondere Art absurden Theaters. Der Judenhaß des Führers, der ihn trotz allen Selbstmitleids um seine Diätköchin bringt, läßt sich allerdings nicht mehr nur als Bühnen-Wirklichkeit wahrnehmen. («Phantasie hat, wer vom Leid des Einzelnen in der Geschichte ergreifbar ist», Julia oder Der Weg zur Macht) Wären nicht dieser Haß und die Nachricht von der Versenkung der Tirpitz, der Diktator wäre kaum mehr als eine Possen-Figur. Als Dramatiker *muß* Hochhuth Hitler offenbar durch ein umgedrehtes Fernglas betrachten, sonst hätte sich das Monster nicht auf die Bühne zerren lassen.

Fritz J. Raddatz
Der Träumer
Hochhuth wird siebzig

Es ist alles ein wenig anders. Ein wenig sehr anders sogar. Vornehmlich Journalisten, deren Stilkünste wahrlich – nun, sagen wir gnädig – wacklig sind, zeihen den Autor des «Stellvertreter» gerne der kunstlosen Schriftstellerei. Nicht einmal das stimmt. Sehr zu Recht hat Karl Krolow die Arbeit des Lyrikers Rolf Hochhuth gepriesen, seinen Gedichten die instrumentelle Genauigkeit des Stiletts attestiert; und deren «Geständnis»-Charakter hervorgehoben.

Geständnis also. Viele Begriffe kann man alternativ einsetzen, will man Hochhuths spezifischen Furor kennzeichnen: Protest, Widerspruch, Attacke, Unerschrockenheit. Geständnis indes passt gut zu einem, der immer auch «gesteht». Hochhuth ist kein hassender Ankläger, vielmehr einer, der immer zugleich «Ich auch» sagt. Dies ist die innerste Wurzel von allem, was Hochhuth schreibt, das ihm Weltruhm wie nationalen Neid einbrachte, doch auch die Hochachtung von Kollegen – etwa von Siegfried Lenz: «Ich weiß keinen anderen schreibenden Kollegen, der durch seine Arbeit so viel bewegt und im Bewußtsein so viel verändert hat wie Rolf Hochhuth.» Jene innere Wurzel ist ein kompliziertes Geflecht. Hochhuth glaubt an den Menschen, dem er zutiefst misstraut. Er will in Geschichte eingreifen, die er zugleich als Unheil, unabänderlich, begreift. «Das Meer pflügen» nennt er das, sich auf Simón Bolívar beziehend, den Befreier Südamerikas.

Man kann es auch Träumen nennen, von dem Mediziner sagen, wer nicht träume, werde geisteskrank, oder das Hochhuths großes Vorbild Karl Jaspers als Lebensmittel reklamierte: «Wer nicht täglich eine Weile träumt, dem verdunkelt sich der Stern, von dem alle Arbeit und jeder Alltag geführt sein kann.» Das ist der Kern von Hochhuths Ästhetik. Mit der ihm eigenen Dickköpfigkeit hält er an einem Konzept des Realismus fest, das Psychologie nicht außer Acht lässt, sie aber aus der Wirklichkeit ableitet.

Der Mann, ein Essayist von Graden, ist starrköpfig, gewiss; er verrennt sich ganz gern auch – so, wenn er meint, ein Theater zu kaufen, aber nur in einer Immobilie herumstolpert. Gerannt ist er immer, wohl gelegentlich recht atemlos; doch zumeist in die richtige Richtung. Hannah Arendt schrieb in ihrem Nekrolog auf Papst Johannes XXIII., der 1963 gefragt worden war, was gegen den «Stellvertreter» zu tun sei. Er habe geantwortet: «Nichts. Gegen die Wahrheit kann man nichts tun.»

DIE ZEIT, 29. März 2001

Rolf Hochhuth

Rolf Hochhuths erstes Theaterstück «Der Stellvertreter» sorgte 1963 für weltweites Aufsehen.
Rolf Hochhuth, Jahrgang 1931, gelernter Buchhändler und Verlagslektor, ist ein politischer Schriftsteller, ein Aufklärer. Von keiner Partei abhängig, aber entschieden Partei ergreifend.

Der Stellvertreter *Ein christliches Trauerspiel. Mit eine Vorwort von Erwin Piscator*
528 Seiten.
(rororo 10997)

Soldaten *Nekrolog auf Genf*
(rororo 13594)

Die Hebamme *Komödie*
(rororo 11670)

Inselkomödie
(rororo 13230)

Juristen *Drei Akte für sieben Spieler*
210 Seiten. Broschiert und als rororo 15192

Ärztinnen *Fünf Akte*
200 Seiten. Broschiert und als rororo 15703

Judith *Trauerspiel*
272 Seiten. Gebunden und als rororo 15866

Unbefleckte Empfängnis *Ein Kreidekreis*
216 Seiten. Broschiert

Sommer 14 *Ein Totentanz*
400 Seiten. Broschiert und als rororo 13069

Effis Nacht *Monolog*
96 Seiten. Gebunden und als rororo 22181

rororo Literatur

Alan Turing *Erzählungen*
(rororo 22463)

Das Recht auf Arbeit. Nachtmusik *Zwei Dramen*
272 Seiten. Gebunden

Hitlers Dr. Faust. *Tragödie*
(rororo 22872)

Alle Dramen *Kassette mit 2 Bänden*
3056 Seiten. Gebunden

Alle Erzählungen, Gedichte und Romane. 1648 Seiten. Gebunden

Panik im Mai *Gedichte und Erzählungen*
(rororo 13001)

Eine Liebe in Deutschland
(rororo 15090)

Täter und Denker *Profile und Probleme von Cäsar bis Ernst Jünger*
(rororo sachbuch 18547)

Weitere Informationen in der **Rowohlt Revue**, kostenlos im Buchhandel, und im Internet: **www.rororo.de**

3239/8